Pea Fröhlich
Die Liebe zu den fahrenden Zügen

Pea Fröhlich

Die Liebe zu den fahrenden Zügen

ROMAN

NYMPHENBURGER

Umschlaggestaltung: Wolfgang Heinzel,
unter Verwendung eines Gemäldes von Felix Weinold
Satz: IBV Satz- und Datentechnik GmbH, Berlin
Gesetzt aus 11 auf 13 Punkt Times Linotype
Druck und Bindung: Wiener Verlag, Himberg
Printed in Austria
ISBN 3-485-00670-x

Etwas Neues beginnt

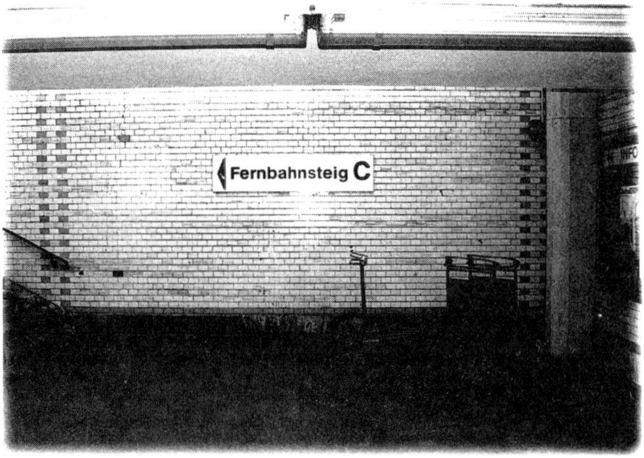
Fernbahnsteig C
INFO

Schlehdorn, sagt Henk verächtlich, das ist doch kein Schlehdorn. Er steht mit seinem Zwillingsbruder Fiz am Fenster, fünfter Stock, zwei Zimmer mit Ofenheizung. Durch die Eisblumen schaut er hinunter auf die Büsche am Bahndamm.
Fiz geht zur Tür und ruft zur Küche hinüber: Mama, wie heißen die Hecken unten an der Bahn?
Schlehdorn, ruft die Mutter zurück.
Fiz nickt zufrieden. Na, sag ich doch.
Ist doch auch egal. Henk ärgert sich. Immer will Fiz recht haben. Schon vor der Geburt war der Frieden nur scheinbar. Am linken oberen Schenkel hat Henk ein Mal, rötlich-braun, in der Form eines Fußabdrucks. Der Fuß von Fiz. Er ist sich sicher, auch wenn die Mutter darüber lacht.
Henk tritt vom Fenster zurück, geht zu der Staffelei, die der Großvater ihm zum Geburtstag geschenkt hat, und nimmt ein Stück gelbe Kreide. Er kniet sich auf den Boden und zieht über die rotgebohnerten Holzbohlen langsam einen Strich: Damit das klar ist. Jeder bleibt auf seiner Seite.
Fiz lacht: Arschloch. Er seufzt und verläßt das Zimmer.
Ich gehe ein Ventil kaufen, hört Henk ihn draußen zur Mutter sagen. Die Wohnungstür schlägt zu. Fiz ist vertrieben.
Daß er mich immer angreifen muß, denkt Henk. Vorne sein, nur auf seinen Vorteil bedacht. Er war auch als erster auf der Welt. Der Mutter hat er kaum noch Kraft gelassen. Bitte, konnte sie zum Arzt gerade noch sagen, bitte. Sonst hätten sie ihn zer-

schnitten. Er würde heute gar nicht leben, wenn es damals nach Fiz gegangen wäre.
Er nimmt vorsichtig das Bild von der Staffelei und trägt es in die Küche. Die Mutter steht am Spülstein und wringt Wäsche aus. Das Fenster ist offen, und in der Küche ist es sehr kalt.
Schau mal. Henk hat den sommerlichen Garten der Großeltern gemalt. Unter dem Maulbeerbaum sitzt die Großmutter und schält Kartoffeln.
Gott, wie schön. Die Mutter wischt sich die Hände an ihrer blauen Küchenschürze ab, nimmt das Blatt und legt es auf den Tisch, um es genauer betrachten zu können.
Ein sanftes Beben, im Küchenschrank klirrt ein Glas, unten fährt ein Zug vorbei. Dröhnen, ganz kurz, nicht länger als ein Ausatmen. Henk kennt die Geräusche so gut, daß er sie kaum mehr hört. Neben dem Bahndamm würde sein Garten jetzt von der kalten Luft weggerissen, aber bis hier oben reicht die Wirkung nicht, und das Papier liegt still da.
Glaubst du, daß ich Großmutter zu dick gemalt habe? fragt er.
Die Mutter schüttelt den Kopf: Nein. Ein Maler muß die Wahrheit zeigen. Sie wird sich sehr darüber freuen. Sie gibt ihm das Bild zurück und geht wieder zum Spülstein.
Viele Grüße und gute Besserung, ruft sie ihm nach, als er mit dem zusammengerollten Blatt die Wohnung verläßt. Die Großmutter fühlt sich seit ein paar Tagen nicht gut. Gleich im Flur fragt Henk den Großvater, wie es ihr geht.
Tja, sagte der Großvater leise, sie brütet irgend etwas aus.
Henk geht zu ihr. Sie sitzt im vorderen Zimmer in ihrem schweren braunen Sessel und strickt.
Aber Kind, sagt sie, wozu habe ich denn einen Arzt im Haus? Sie lächelt den Großvater an: Den besten Arzt der Welt.
Na, na, wehrt der Großvater ab, ich bin nur ein ziemlich alter Arzt.
Henk rollt sein Bild auf. Die Großmutter schlägt entzückt die

Hände zusammen: Ich lasse es rahmen, und dann kommt es über das Klavier.
Auch der Großvater ist voller Bewunderung und sagt: Du hast eine wirkliche Begabung.
Henk durchrieselt ein warmer Schauder. Er sieht sein Bild in der Zeitung. Der Geldbriefträger kommt. Zwei Mädchen tuscheln mit Ehrerbietung über ihn, während er unbewegt an ihnen vorbeischreitet.
Die Großmutter schreibt einen Einkaufszettel. Der Großvater küßt sie auf die Stirn, nimmt die schwarze Ledertasche, die neben der Speisekammer hängt, und geht mit Henk zum Kaufmann Bracke.
Vier Stufen führen zum Laden hinunter, und obwohl noch kein Schnee liegt, hat Bracke schon gestreut, Asche, die wie rotes Mehl aussieht.
Henk macht für den Großvater die Ladentür auf. Oben läutet eine Glocke, und der Geruch von Sauerkraut und Vanillestangen schlägt ihm entgegen. Solange er sich erinnern kann, trägt Bracke den gleichen dunkelgrünen Kittel, hat immer ein auffällig rotes Gesicht und schmettert dem Großvater jedesmal freudig entgegen: Der Herr Doktor!
Auf dem Rückweg trägt Henk die Einkaufstasche und redet über seine Wut auf Fiz. Die Laternen gehen schon an, und die Kälte beißt ihm in die Ohren.
Ich liebe euch beide, sagt der Großvater, und es macht mich traurig, daß ihr euch nicht vertragen könnt. Wenn euer Vater noch leben würde, wäre alles anders.
Glaubst du? fragt Henk. Er hört gerne die Erzählungen über seinen Vater. Er kennt ihn nur von Fotos. Das letzte, das es von ihm gibt, hängt im Zimmer der Mutter, ein trauriger Mann in Uniform. Eine Woche später ist er gefallen.
Als der Großvater aufschließt, ist es in der Wohnung dunkel. Sie wird sich ein bißchen hingelegt haben, flüsterte er.

Sie gehen nach hinten zum Schlafzimmer. Großvater öffnet vorsichtig die Tür, und sie spähen herein. Vom Bett her hören sie leises Schnarchen. Beide müssen lachen, und Henk macht schnell wieder die Tür zu. Großmutter wäre es nicht recht, belauscht zu werden.
Dann gehe ich jetzt, verabschiedet er sich.
Der Großvater nickt und drückt ihn an sich: Streite nicht mit Fiz, und grüße die Mutter.
Henk friert auf dem Weg nach Hause. Er vergräbt die Hände in den Taschen und malt sich aus, daß sein Vater noch lebt: Es klingelt, er ist allein und geht aufmachen. Vor der Tür steht ein Mann mit einer wattierten Jacke, einem Brotbeutel und Fußbinden statt Schuhen. Er sieht müde und sanft aus und sagt: Ich bin dein Vater. Sie umarmen sich, und der Vater muß weinen. Henk heizt den blauen Ofen im Badezimmer an und streicht Schmalzbrote für den Vater. Beim Nachbarn borgt er ein Hemd und eine Hose. Der Vater ißt, badet, zieht die neuen Sachen an, rasiert sich und erzählt die ganze Zeit über, was er erlebt hat. In seinem Brotbeutel hat er ein zusammengeknüpftes Tuch. Er knotet es auf. Das Licht bricht sich in den kleinen Steinen, und sie leuchten in vielen Farben. Diamanten, sagt der Vater, wir sind reich. Die Mutter kommt herein. Ein langer stummer Blick zwischen den beiden, und Henk nimmt sie an den Händen und führt sie zusammen.
Fiz liegt auf seinem Bett und liest. Der gelbe Kreidestrich am Boden ist weg.
War's denn schön, das Wischen? fragt Henk.
Keine Ahnung, sagt Fiz, ohne von seinem Buch aufzusehen, hat Mama gemacht.
Die Mutter hat gehört, daß Henk zurückgekommen ist, und ruft aus ihrem Zimmer nach ihm.
Wie geht es Großmutter? fragt sie nur. Über den Strich sagt sie nichts.

Am nächsten Morgen hat es geschneit. Gleich auf dem Schulweg verabredet sich Henk mit Raimund für den Nachmittag zum Schlittschuhlaufen im Fischtal.
Im Klassenzimmer steht Fiz mit seiner Gruppe in einer Ecke und tauscht Briefmarken. Es riecht nach nasser Wolle. Henk geht stumm auf seinen Platz. Er achtet darauf, daß er nicht die gleichen Freunde wie Fiz hat. Ein Fremder würde sie noch nicht einmal für Brüder halten, so sehr unterscheiden sie sich voneinander. Er ist froh darüber, denn die Vorstellung, daß das Gesicht von Fiz auch sein Gesicht ist, wäre ihm zuwider.
Es klingelt, und der Unterricht beginnt.
Mitten in die Stunde kommt der Schulleiter herein. Die Klasse steht auf.
Setzen! Der Schulleiter flüstert mit dem Mathematiklehrer. Henk und Fiz sollen ihre Sachen packen.
Sie gehen mit dem Schulleiter hinaus. Auf dem Flur wartet die Mutter.
Sie fahren mit dem Taxi zum Haus der Großeltern. Der Himmel ist blau, und auf den Gartenzäunen sitzen weiße Schneekappen.
Die Großmutter liegt im Schlafzimmer in ihrem Bett. Sie hat die Hände über der Brust gefaltet. Die Vorhänge sind zugezogen, und auf dem Nachttisch brennt eine Kerze. Henk weiß nicht, was er tun soll. Er steht mit Fiz in der Tür und hält seine Schulmappe fest. Ihm fällt auf, daß das Bett der Großmutter frisch bezogen ist.
Die Mutter schluchzt: Wir müssen jetzt Abschied nehmen.
Henk sieht Fiz hilflos an, aber Fiz merkt es nicht, weil er weint.
Der Großvater kommt aus dem vorderen Zimmer, zwei Nachbarn stützen ihn. Er zittert, er ist dünn und klein geworden. Abschied nehmen, denkt Henk erschreckt und fühlt, daß etwas vorbei ist.
Der Großvater ist nicht auf der Beerdigung. Er ist wirr und krank und muß zu Hause bleiben.

Henk sitzt in der Kapelle auf einer harten Holzbank und starrt geradeaus auf den Sarg. Eigentlich hat die Großmutter rote Rosen gar nicht gemocht. Der Pfarrer spricht über die Liebe und hat etwas Speichel im Mundwinkel.
Vier Männer heben den Sarg hoch und tragen ihn aus der Kapelle. Draußen schneit es. Am Ausgang entsteht ein Gedränge, weil alle erst ihre Schirme aufspannen wollen.
Der Weg zur Grabstelle ist lang, und Henk würde sich gerne umdrehen und den Zug ansehen, der dem Sarg folgt. Die Mutter und Fiz gehen schweigend, aber er hört, daß andere weiter hinten ganz leise miteinander reden, nicht lauter, als der Schnee unter seinen Füßen knirscht.
Mittags kniet er am Bett des Großvaters und hält seine Hand. Sie ist ganz kalt. Die Mutter und Fiz sprechen draußen mit den Nachbarn darüber, wie nun alles weitergehen soll.
Der Großvater liegt bewegungslos da und starrt an die Decke. Über das Bett neben ihm ist ein braunes Tuch gebreitet.
Soll ich dir etwas vorlesen? flüstert Henk.
Ach, sagt der Großvater nur, und nach einer Pause nochmal: Ach. Er schließt die Augen.
Henk fühlt, daß er nicht helfen kann. Er kniet neben dem Bett, bis es draußen dunkel wird, dann geht er zu den anderen.
Alle halbe Stunde sieht einer von ihnen nach dem Großvater, aber es verändert sich nichts. Die Mutter bleibt über Nacht und schläft auf dem Sofa. Henk und Fiz gehen nach Hause.
Morgens um sieben wird Henk durch stürmisches Läuten geweckt. Der Großvater ist tot. Er hat Schlaftabletten genommen. Schon am frühen Abend, sagt der Arzt. Keiner hat etwas bemerkt. Die leeren Schachteln liegen im Nachttisch.
Henk ist zum zweiten Mal auf dem Friedhof, und der Schnee knirscht immer noch. Diesmal ist auch Bracke da. Ohne seinen grünen Kittel und den Geruch von Sauerkraut und Vanillestangen ist er Henk ganz fremd.

Bracke legt ihm die Hand auf die Schulter und sagt: Er wollte einfach zu ihr, weißt du. Bracke weint: Eine lange Zeit war ihnen zusammen vergönnt. Er putzt sich die Nase und seufzt: Eine glückliche Zeit. Gott wird ihm verzeihen.
Bei Selbstmord nur im Falle geistiger Umnachtung während der Tat, schreibt die Lebensversicherungsgesellschaft. Sie will der Mutter nichts auszahlen.
Soll ich etwa gerichtlich klären lassen, fragt die Mutter Henk und Fiz, ob Großvaters Schmerz eine Form der Umnachtung war?
Nun, sagt Fiz, das wäre zu überlegen. Immerhin hat er gewollt, daß du das Geld bekommst.
Henk schüttelt über diese Würdelosigkeit von Fiz nur den Kopf.
Die Mutter denkt nach, nimmt wortlos ihr kleines Haushaltsbuch und fängt an zu rechnen. Großvater hat bisher die Miete gezahlt. Es wird schon gehen, sagt sie, ich nehme eine Heimarbeit an.
Es kommen zwei Säcke mit runden, schwarzen Gummiteilen, an denen mit einem Messer die Gußnaht abgeschnitten werden soll.
Als Henk schlafen geht, sitzt die Mutter immer noch darüber. Der Berg wird kaum kleiner.
Vielleicht doch lieber mehr Kartoffeln essen, sagt sie am nächsten Morgen zu ihm und versucht zu lachen.
Während er in der Schule ist, läßt sie die Heimarbeit einfach wieder abholen. Aber die Küche riecht immer noch nach dem schwarzen Gummi.
Ich gehe mal zu Raimund, ruft Henk der Mutter zu und verläßt die Wohnung. Er will zum Haus der Großeltern. Er weiß nicht warum, aber es zieht ihn hin.
Auf den Straßen ist der Schnee schon schmutzig geworden, der Himmel ist verhangen, und die Luft ist kalt.

Die Wohnung der Großeltern ist noch leer. Ohne die weißen Vorhänge sehen die Scheiben tot aus. Henk steht einen Moment lang da und kehrt dann wieder um.
Am Bahnhof kommt ihm ein Mädchen entgegen. Es ist Laura, aber Henk sieht sie nicht. Er hält den Kopf gesenkt und kämpft mit den Tränen.

Die Tür geht auf und das Licht vom Flur fällt herein. Aufstehen, sagt die Mutter, herzlich, viel zu laut.
Laura versucht, mit möglichst klarer Stimme zu sprechen: Ja, ist gut.
Sie bleibt reglos liegen und wartet auf die Abfolge der Geräusche. Riegel der oberen Ofentür, stochern in den Aschenresten auf dem Gitterrost, Metall auf Metall, untere Ofentür öffnen und das Schaben der Aschenschaufel, fünfmal. Es ist eine Form der Machtausübung, ein Eindringen in die Intimität ihres Halbschlafs, ohne Achtung, mit Willkür. Die Geschäftigkeit am Ofen ist scheinbar durch eine Notwendigkeit begründet, aber Laura läßt sich nicht täuschen. Die Mutter drückt ihren Anspruch auf Gehorsam aus und benutzt die Aschenschaufel nur als Zeichen ihrer Überlegenheit.
Raus! denkt Laura, geh raus. Sie fühlt die Gewalt und entspannt ihren Körper erst, als die Mutter mit ihrem Ascheneimer das Zimmer wieder freigibt.
Laura gähnt und streckt sich. Aus dem Badezimmer hört sie die Stimmen von Karo und Baba. Die Spülung geht, und sie setzt sich auf. Ihr Bett steht unter dem Fenster. Sie schiebt den Vorhang zur Seite, um zu sehen, ob es nachts geschneit hat. Drüben am Bahnhof glänzen die Lichter, sonst ist alles dunkel, kein Schnee.
Sie sucht nach ihren Socken. Als sie aufsieht, steht Karo im Türrahmen und flüstert: Wir gehen jetzt. Tschüschen. Wenn Karo

zur Berufsschule muß, nimmt sie immer die gleiche Bahn wie Baba.
Tschüs, sagt Laura genauso leise, bis heute abend. Sie hört die beiden an der Flurgarderobe ihre Mäntel vom Bügel nehmen, dann fällt die Haustür ins Schloß.
Sie knipst die rote Lampe an und formt aus ihrem Bettzeug eine Rolle, schiebt sie an die Wand unter dem Fenster und deckt eine blaue Decke darüber. Tagesdecke sagt die Mutter dazu, und Laura reizt das Wort jedesmal.
Sie hätte gerne ein großes Zimmer mit Zentralheizung und einem Schreibtisch mit vielen Geheimfächern oder doch wenigstens abschließbar. Auf der kleinen Schreibplatte, die sie selbst mit Winkeleisen an der Wand befestigt hat, läßt sich nichts verbergen.
Herrgott nochmal, denkt sie, ich werde mir zumindest einen eigenen Wecker kaufen.
Sie verläßt mit der Schultasche unter dem Arm das Haus und geht zum Bahnhof. Zum Gymnasium sind es zwei Stationen, und sie hat eine Monatskarte. Die Zeit am Morgen ist genau berechnet: von der Haustür bis zum Bahnsteig, die Fahrt, der Weg vom Bahnhof zur Schule. Im Sommer fährt sie manchmal auch mit dem Fahrrad, aber es ist etwas Unbestimmtes für sie dabei. Schwarze Wolken ziehen sich zusammen, ein Sturm kommt auf, etwas fliegt ihr ins Auge, Tränen, anhalten, es regnet, die Kette springt ab, die Tasche fällt herunter. Die Bahnfahrt ist vorhersehbar.
Sie tritt an die Sperre und hält ihre Karte hoch. Der Mann in dem Glashäuschen, in der rechten Hand den Locher, nickt. Sie geht die asphaltgraue Treppe mit den Glanzpartikeln hinunter und auf dem Bahnsteig ganz nach vorn.
Sie steigt immer in den ersten Wagen ein und bleibt gleich an der Tür stehen, ohne sich an einer Haltestange festzuhalten oder ihren Rücken gegen die hölzerne Trennwand zu lehnen. Sie steht

frei und gleicht das Anfahren und Abbremsen des Zuges mit den Knien aus, standfest, sie ist geübt.
Der Zug kommt neunzehn Minuten vor acht. Beim Einsteigen trifft sie seinen Blick, ganz kurz nur, aber sie fühlt eine Bedeutung, das Zeichen eines Anfangs.
Sie steht an der Tür wie immer und spürt seine Augen im Rükken. In der Scheibe gibt es keine Spiegelung von ihm. Nie würde sie sich umdrehen, nur nichts bemerken, nur nichts vergeben, aber auf dem Weg zur Schule trägt sie diesen Blick noch an sich.
Am Nachmittag kauft sie einen schwarzen Küchenwecker und stellt ihn neben ihr Bett.
Er läutet schrill. Sie findet am nächsten Morgen vor Schreck nicht gleich den Hebel, um ihn abzustellen. Aber sie ist schon im Badezimmer, noch bevor die Mutter das Ofen-Ritual beginnt.
Auf dem Bahnsteig, neunzehn Minuten vor acht, hofft sie, daß er wieder auf der gleichen Bank sitzen wird. Der kurze Ruck beim Aufreißen der Tür ist schon für ihn. Augentreffen beim Einsteigen, zwei Stationen mit dem Wissen, daß er sie ansieht. Sie spielt ganz alltägliches Aussteigen, aber ihr Herz pocht.
Obwohl sie weiß, daß er ihr nicht folgt, geht sie mit schwingendem Schritt über den Schulhof, begrüßt zwei Mädchen aus ihrer Klasse, als hätte sie sie jahrelang nicht gesehen, und strahlt den Hausmeister an, den sie sonst gar nicht wahrnimmt.
Ist was? fragt eines der Mädchen neugierig.
Laura lächelt nur vielsagend.
Erst im Klassenzimmer fällt ihr plötzlich ein, daß morgen leider keine Schule ist.
Am Sonntagmittag wird der Tisch richtig gedeckt, und nach dem Essen macht die Mutter einen Mittagsschlaf.
Laura steht im Badezimmer vor dem Waschbecken und nimmt ihren Petticoat aus dem Stärkemittel. Mit einer schnellen Bewegung schwenkt sie ihn hinüber zur Badewanne und hängt ihn auf

die Leine. Das Stärkemittel ist weiß, schwer und klebrig und hat einen starken Geruch. Einige Tropfen sind auf den Steinfußboden gefallen. Sie wischt sie weg, spült das Waschbecken sauber, trocknet sich die Hände ab und sieht in den Spiegel.
Das bin ich, denkt sie und schließt die Augen, um sich ihr Gesicht vorzustellen. Es gelingt ihr nicht. Sie hat nur ein ungenaues Bild schnell zerfallender Umrisse. Sie macht die Augen wieder auf und kämmt sich die Haare.
Baba kommt ins Badezimmer: Wir gehen zum braunen Café.
Gleich? fragt Laura, und Baba nickt.
Die Wintersonne hat den Weg neben dem Bahndamm etwas aufgetaut. Er ist naß und glatt.
Baba erzählt von dem Zahnarzt, der gestern im Kindergarten war. Ein dreijähriger Junge hat sich während der Untersuchung vor Aufregung in die Hosen gemacht. Sie hält den Kopf schief, reißt den Mund auf und macht seine gequälte Stimme nach: Tante Baba, jetzt kommt Pipi!
Laura und Karo lachen.
Der Zahnarzt war jung und hat ganz hilflos auf den weinenden Jungen und die kleine Pfütze am Boden gestarrt. Um die Kinder zu beruhigen, hat Baba sich auch untersuchen lassen.
Er steht so da, sagt sie und macht es vor, die Augen rund, ein angespanntes Lächeln: Wie schade, Fräulein Baba, daß Sie so gute Zähne haben.
Laura findet, daß Baba eine richtige Schauspielerin ist. Sie kann sich bei jedem Satz verwandeln. An ihrem Gesicht ist immer ablesbar, worüber sie gerade spricht.
Der Weg neben dem Bahndamm endet an einer alten, halbverfallenen Treppe, die zur Brücke hinaufführt. Laura zwängt sich als erste durch das verrostete Gestänge, das die Treppe absperren soll. Die Stufen sind noch vereist, und sie geht sehr vorsichtig. Karo folgt ihr und läuft rasch nach oben.
Sie hat etwas von einem Flaum im Wind, denkt Laura, leicht und

schwebend und immer unbedacht, gleich wird sie stürzen. Der recht Fuß rutscht aus, findet keinen Halt mehr, der Körper fällt nach vorne, gleitet schon nach unten, die Hände wollen greifen, finden nur Glätte, das Kinn schlägt auf, schlägt auf jede Stufe, endlos, und alles voller Blut.
Laura schaudert. Sei doch vorsichtiger, sagt sie zu Karo, die schon oben steht und das Drahtgeflecht zurückbiegt, das den Zugang von der Brücke aus verhindern soll.
Wieso? fragt Karo und bläst mit vorgeschobener Lippe ihre Haare aus der Stirn.
Sie will nicht, daß du fällst, sagt Baba und pufft Karo in die Seite.
Karo lacht, spitzt die Lippen und haucht Laura auf weißem Atem einen Kuß zu. Kommt, laßt uns von der Brücke spucken, sagt sie, das bringt Glück.
Laura lehnt sich über die grüngestrichenen, abblätternden Stahlplatten und spuckt hinunter auf die Gleise.
Wie sehe ich eigentlich aus? fragt sie unvermittelt.
Baba und Karo treten etwas zurück und betrachten sie prüfend.
Hübsch, sagt Karo, vielleicht die Haare waschen.
Und wenn ihr mich zum ersten Mal sehen würdet?
Das muß ich mir erst vorstellen. Baba macht eine Handbewegung. Geh mal zehn Meter weg und dann wieder langsam auf mich zu.
Laura atmet schneller und muß lachen, als sie vor Baba steht: Jetzt sag schon.
Ja. Baba nickt ernst. Hübsch, das stimmt.
Laura spürt, wie sich in ihrem Bauch eine Wärme zusammenzieht und als Freude in ihrem Hals hochsteigt. Also wirklich hübsch, denkt sie und spuckt noch einmal von der Brücke.
Da drüben stand früher unser Häuschen, seufzt Karo und zeigt auf eine Gärtnerei.

Laura erinnert sich gerne daran, wie sie alle drei in einem Zimmer schliefen. Regen, und es tropft durch das Dach in die am Boden aufgestellten Schüsseln und Teller, ungleichzeitig, ping, pong, ping, eine Tropfmusik. Das Geschirr unten auf den Holzbohlen folgt dem Riß in der Teerpappe oben, eine Spur quer durch den Raum. Sie treffen sich zur Nachtversammlung im Bett von Baba und flüstern miteinander. Vor dem Fenster steht der Birnbaum, den sie Karos Baum nennen, weil sie im Sommer von ihm heruntergefallen ist und sich einen Arm gebrochen hat. Alle drei unter einer Decke und der Geruch der gleichen Seife. Worte, leise und geheim. Laura ist sechs, Karo ist acht und Baba ist schon zehn. Es riecht nach schwarzen Johannisbeeren, und der Himmel ist noch hell genug, daß sie sich ihre gefärbten Zungen zeigen können.
Unsere Nachtversammlung, sagt Karo traurig, das ist vorbei.
Sie stehen vor dem braunen Café und sehen in die Schaufensterauslagen, Fondants in zarten Farben und Schokoladentrüffel.
Früher, sagt Baba tröstend, hatten wir die Nachtversammlung im Häuschen, und heute gehen wir eben zum braunen Café und wieder zurück, das ist doch das gleiche.
Meinst du? fragt Karo.
Klar, sagt Laura.
Sie schweigen einen Augenblick, verträumt, versonnen, jeder für sich. Das Licht ist schon bläulich, und die Laternen gehen an.
Laura muß plötzlich lachen, und Karo und Baba sind sofort angesteckt.
Auf dem Rückweg spürt Laura schon die Kälte der hereinbrechenden Nacht.
Sieh mal, sagt Baba zu ihr, Karo wird auch nur Apothekenhelferin, und Mutter will eben, daß wenigstens du studierst, so wie Vater.
Laura sieht die Mutter im Treppenhaus mit der Nachbarin ste-

hen, Weißkohl in der Einkaufstasche und die Sprache aus einer anderen Welt: Kleine Adler aus meinem Nest. Beim Kaufmann zwischen Zucker und Mehl, die Preisgabe von Vertraulichkeiten und die Sätze breiten sich aus, wie Tinte auf dem Löschpapier. Ich will ihr Adler nicht sein. Sie schlägt nach einem Zweig, auf dem noch etwas Schnee liegt.

Karo hängt sich bei ihr ein und lacht: Bist du doch längst.

Laura verzieht angewidert das Gesicht, aber sie weiß, daß Karo recht hat.

Der Weg neben dem Bahndamm ist schon wieder überfroren, und es wird schnell dunkel.

Singen wir was, schlägt Laura vor, vielleicht einen Kanon auf: Jetzt kommt Pipi. Sie fängt an, schon lachend, Baba und Karo setzen ein und brechen lachend ab.

Jetzt kommt es wirklich, sagt Karo und schlägt ihren Mantel hoch, um die Skihose aufzumachen.

Laura muß an die Kindervorstellungen denken, früher im Kino. Karos kleine Bewegungen auf dem Samtsessel, Beine übereinander, Hände falten, wieder lösen, flüstern mit ihr, schließlich aufstehen, geduckt durch die Reihe, an den Knien der anderen Kinder vorbeigezwängt. Auf der Leinwand vorne Tarzan, der rettet, und von hinten eine Jungenstimme: Nimm doch eine Windel mit.

Laura steht mit Baba und Karo vor der Haustür und schließt auf. Also dann. Sie wendet sich schnell zu den beiden um und küßt sie, als müßte sie sich von ihnen verabschieden. Sie weiß auch nicht, warum sie es tut.

Montag morgen, neunzehn Minuten vor acht, der Zug fährt ein, und diesmal reißt er für sie die Tür auf.

Heute um sechs in der Kaffeestube am Rathaus? fragt er.

Es geht so schnell, daß sie gar nicht überlegen kann.

Schon beim Aussteigen plagt sie die Vorstellung, daß er jetzt etwas Falsches von ihr denkt. Sie hätte nein sagen müssen.

Während des Deutschunterrichts beschließt sie, nicht hinzugehen. Morgen früh in der Bahn wird sie ihn nur anlachen: Ich dachte, es war ein Scherz.
In der Pause faßt sie den Plan, Baba oder Karo mitzunehmen, das wirkt unbefangen. Erst als es zur nächsten Stunde klingelt, fällt ihr ein, daß die beiden zu der Zeit noch gar nicht zu Hause sind.
Ich gehe mal zur Bücherei, sagt sie um zehn vor sechs zur Mutter.
Sie bleibt vor jedem beleuchteten Schaufenster stehen und sieht andauernd auf ihre Armbanduhr. Sie will nicht zu früh dort sein, aber wiederum auch nicht so spät, daß er schon gegangen ist.
Es ist vier Minuten nach sechs, als sie sie Kaffeestube betritt. Er steht an einem der runden Tischchen, raucht und wartet auf sie.
Hallo. Er holt ihr eine Tasse Kaffee vom Ausschank.
Sie ist erleichtert über die Normalität der Vorgänge, fast sogar ein wenig enttäuscht darüber. Er ist lebhaft und heiter, spricht mit ihr nicht anders als ein Klassenkamerad, und sein Blick hat nicht die Bedeutung, die er in der Bahn hatte.
Meine Freunde nennen mich Moll, sagt er. Er ist achtzehn Jahre alt und beendet in zwei Monaten seine kaufmännische Lehre bei einer Firma für Sanitäreinrichtungen. Kloschüsseln und so, fügt er hinzu. Unnötigerweise, findet sie.
Sobald er genug Geld verdient, will er zu Hause ausziehen. Er versteht sich gut mit seinen Eltern, aber trotzdem.
Was trotzdem? Laura rührt in ihrem Kaffee.
Na, wenn ich mal ein Mädchen mitbringe, lacht er.
Mich nicht, denkt sie sofort, mich bestimmt nie. Ihre Entscheidung ist gefallen. Sie ärgert sich, daß sie überhaupt gekommen ist. Seine Deutlichkeit ist ordinär.
Moll erzählt von einer Arbeitsgruppe. Politische Fragen werden dort diskutiert. Aber sie hört ihm schon gar nicht mehr richtig zu.

Um sieben Uhr schließt die Kaffeestube. Nur schnell weg, denkt Laura. Er besteht aber darauf, sie noch ein Stück zu begleiten. Sie schlägt die Richtung zum Kino ein. Er soll auf keinen Fall wissen, wo sie wohnt, und in Zukunft fährt sie mit dem Fahrrad zur Schule, oder sie wird einfach krank.
Er geht erst schweigend neben ihr und bleibt dann plötzlich stehen: Du bist ganz anders als andere Mädchen. Er sieht sie an. Ich habe mir immer gewünscht, so eine wie dich kennenzulernen. Das Licht einer Laterne fällt auf sein Haar. Sein Gesicht ist ernst, fast traurig.
Laura ist darauf nicht vorbereitet, es trifft sie heftig.
Darf ich dich wiedersehen? In seiner Stimme liegt Angst.
Sie nickt nur, überwältigt von diesem Moment der Offenbarung. Sie steht stumm vor ihm, zwischen ihnen nur der warme Atemhauch in der kalten Luft.
Bis morgen, sagt sie leise und eilt davon.
Sie biegt schnell um die nächste Straßenecke und stößt dabei fast mit Henk zusammen. Sie kann ihm gerade noch ausweichen.

PHILIPS
Barmenia
Togal
Flash

Treffer, lacht Henk, greift in die Tüte und steckt sich eine neue Kirsche in den Mund. Er liegt neben Raimund auf der Wiese des Schwimmbads. Sie spucken Kirschkerne nach drei Mädchen, die sie aus der Schule kennen. Die Mädchen kreischen und ducken sich, wenn ein Kern kommt, und werfen ihn ungeschickt zurück.
Wir müssen näher ran, sagt er zu Raimund. Die Mädchen setzen gerade ihre Badekappen auf, zupfen ihre Bikinis zurecht und gehen zum Becken.
Er bleibt mit Raimund noch einen Moment lang lauernd liegen.
Jetzt, zischt er, und sie stürzen zusammen hinterher und reißen die Mädchen im Laufen über den Beckenrand.
Ins Wasser eintauchend faßt Henk nach dem Körper vor ihm, seine rechte Hand umgreift eine Brust. Er taucht auf und hält noch die Brust. Das Mädchen schlägt nach ihm und schwimmt weg. Er folgt ihr nicht. Er ist erschrocken und krault zur Leiter. Er steigt schnell aus dem Wasser. Er will das Mädchen jetzt nicht ansehen müssen. Er ist beschämt, ihre Brust, die weiche Festigkeit, er spürt sie noch an seiner Hand.
Ich gehe, ruft er Raimund zu. Er wartet keine Antwort ab, nimmt seine Sachen von der Wiese und läuft hinüber zum Umkleideraum.
Gedämpftes Licht, Wasserlachen am Boden, es riecht nach Chlor, Holz und Sonnenöl, die Luft ist stickig. Ein nackter alter

Mann sitzt hinten auf der Bank und cremt sich ein. Sein Blick ist ohne Neugier, unbewegt, aber er macht Henk befangen. Er zieht seine nasse Badehose nicht aus, schlüpft nur in Hemd und Hose und geht schnell hinaus.
Er fährt mit dem Fahrrad durch die Stadt. Die Straßen sind leer, der Asphalt weicht auf in der Nachmittagshitze, an den Fenstern sind die Rolläden heruntergelassen und die Vorhänge zugezogen.
Er kommt am Haus der Großeltern vorbei. Er steigt ab und geht herum, um in den Garten zu sehen. Der Maulbeerbaum ist weg, an seiner Stelle steht ein großer, bunter Sonnenschirm,
Ach, denkt er wehmütig, ich hätte ein Foto machen sollen, dann wäre eine Erinnerung an den Baum geblieben. Raimund hat einen eigenen Fotoapparat. Er wird ihn sich ausborgen und wenigstens den Gartenzaun festhalten, bevor auch der nicht mehr steht.
Die Sonne brennt ihm auf den Rücken, und seine Haut juckt unter der feuchten Badehose.
Die Mutter kommt gleich in den Flur, als er die Wohnungstür aufschließt. Sie trägt nur einen ärmellosen Kittel. Stell dir vor, sagt sie, im Sozialamt ist ein neuer Sachbearbeiter, Herr Kniha, zwei Stunden haben wir geredet, und draußen haben andere gewartet...
Überfalle mich doch nicht so, unterbricht er sie. Ihre Aufgeregtheit ärgert ihn, er weiß auch nicht warum.
Erst nachdem er sich umgezogen hat, geht er zur Mutter in die Küche. Sie schneidet Äpfel. Die Fenster sind weit auf, und unten fährt ein Zug vorbei.
Kochst du Gelee? fragt er versöhnlich.
Mus, sagt die Mutter und redet sofort wieder über Kniha.
Um sieben klingelt es. Henk macht auf. Kniha, sagt der Mann und streckt ihm die rechte Hand hin. Ich will nur etwas abgeben. In der linken hat er einen Blumenstrauß. Seine Hand ist feucht,

er hat ein dickes, verschwitztes Gesicht und Pomade in den Haaren.
Henk bringt der Mutter den Blumenstrauß. Sie ist sprachlos vor Freude und rennt ans Fenster ihres Zimmers, das auf die Straße geht, um Kniha aus dem Haus kommen zu sehen. Er steigt unten in ein kugelförmiges Auto, das Henk abstoßend findet.
Warum hast du mich nicht gerufen? fragt sie.
Er war ja gleich wieder weg, sagt Henk ärgerlich.
Die Mutter öffnet ein Briefchen, das zwischen den Blumen steckt, starrt gebannt auf die Zeilen und lächelt dann verträumt: Er will mich ins Theater einladen.
Ach, sagt Henk spitz, will er das? Und geht aus dem Zimmer.
Kniha holt die Mutter ab, und der ganze Flur riecht nach seinem Rasierwasser.
Widerlich, flüstert Henk. Fiz macht nur eine abwehrende Handbewegung. Er lächelt Kniha freundlich an und wünscht ihm und der Mutter einen schönen Abend.
Nachdem die beiden die Wohnung verlassen haben, sagt Henk: Er paßt überhaupt nicht zu ihr.
Fiz reagiert nicht gleich. Er legt sich auf sein Bett und stellt das Radio an, um die Sportnachrichten zu hören. Erst dann sagt er gedehnt: Das muß sie ja wohl selbst entscheiden, wer zu ihr paßt.
Henk beißt sich auf die Lippe und geht wütend in die Küche. Er lehnt sich aus dem Fenster und schaut auf den Bahndamm hinunter. Was hat sie mit diesem Kniha zu tun? denkt er. Die Vorstellung, daß die beiden jetzt in diesem winzigen Auto eng zusammensitzen, quält ihn.
Noch während die Mutter ihnen am nächsten Morgen den Kaffee eingießt, fragt sie aufgeregt: Wie hat er euch gefallen?
Ich kenne ihn doch gar nicht, brummt Henk, ohne dabei von seinem Lateinbuch aufzusehen, das er neben sich auf den Küchentisch gelegt hat.

Fiz sagt: Ich fand ihn sehr nett, und er hatte einen hübschen Anzug an.
Henk beugt sich über sein Buch. Er will sich noch auf die Prüfung vorbereiten, und es stört ihn sehr, daß die Mutter anfängt, Fiz ausführlich von dem Theaterbesuch zu erzählen.
Bitte, sagt er unwillig, siehst du nicht, daß ich arbeiten muß?
Verzeihung. Sie ist schuldbewußt und geht sofort aus der Küche.
Er hört sie im Badezimmer singen, und auch das stört ihn.
Henk nimmt seine Sachen und knallt die Tür hinter sich ins Schloß.
Er versucht, an die lateinischen Texte zu denken, während er mit dem Fahrrad zur Schule fährt. Der Morgen ist klar, die Luft ist angenehm kühl, und auf der Straße neben dem Bahndamm stehen noch die Pfützen des nächtlichen Gewitterregens.
Am Sonntag gegen zwei Uhr kommt Henk verschwitzt von einem Handballturnier nach Hause. Er schließt auf und geht gleich in das Zimmer der Mutter, um ihr zu sagen, daß er hungrig ist und daß seine Mannschaft das Spiel gewonnen hat.
Auf der Bettcouch sitzt Kniha, sein Hemd ist aufgeknöpft, ein schwarzes Feld Haare steht auf seiner Brust, der Rock der Mutter ist hochgeschoben, die Haut ihrer Schenkel ist sehr weiß.
Henk starrt auf das Bild, nur Bruchteile von Sekunden. Es gräbt sich gewaltsam in ihn ein.
Er verläßt sofort das Zimmer, ohne ein Wort zu sagen, stürzt zur Tür und rennt das Treppenhaus hinunter, voller Angst, daß die Mutter ihn zurückruft, daß irgend etwas verhindert, daß er entkommen kann.
Erst am Rathaus bleibt er stehen, ganz außer Atem, mit einem Schwindelgefühl. Er will sich hinsetzen, aber es gibt nirgends eine Bank. Er geht in die Hocke und tut so, als wären die Schnürbänder seiner Turnschuhe aufgegangen. Sein Hemd ist schweißnaß, und er keucht, sein Kopf ist blutleer. Er will nicht auffallen, er will nicht angesprochen werden und bindet mit zit-

ternden Fingern immer wieder neue Schleifen an den Schuhen. Es beachtet ihn niemand. In einer Konditorei auf der anderen Straßenseite kaufen Frauen und Kinder Kuchen, ohne zu ihm herüberzublicken. Ein Mann mit einem Hund geht vorbei und sieht sich noch nicht einmal um.

Ganz langsam richtet sich Henk wieder auf. Sein Atem ist ruhiger, aber er spürt, wie eine Welle von Trauer ihn erreicht. Die Mutter ist ihm plötzlich fremd geworden, und es wäre ihm am liebsten, sie nie mehr wiedersehen zu müssen.

Es ist ihm ganz recht, daß es bis zum Haus von Raimund ein weiter Weg ist. Das Gehen entspannt ihn, und er kann wieder klar denken.

Er wird noch einige Jahre mit der Mutter leben müssen. Er wird weder auswandern noch ausziehen können, auch wenn diese Vorstellungen etwas Verlockendes haben. Aber nichts wird mehr sein wie vorher. Er wird sich ihr entziehen, sich ihren Anweisungen nur noch äußerlich fügen und innerlich frei bleiben, unberührbar. Nichts mehr mit ihr teilen und sich allen ihren Versuchen widersetzen, die Trennung zu überwinden. Ab heute hat er mit ihr gebrochen. Sie wird seine Kälte und Verachtung ertragen müssen.

Er geht durch das Villenviertel, in dem Raimund wohnt. Die parkähnlichen Grundstücke strahlen Ruhe für ihn aus. Die kleinen Straßen sind leer, irgendwo hört er einen Rasenmäher und ein Lachen.

Die Haushälterin öffnet ihm die Tür. Ihr Blick ist strafend, aber sie ruft Raimund aus dem Garten ins Haus.

Raimund ist überrascht, aber er fragt Henk nicht, warum er gekommen ist.

Sie steigen die Treppe hinauf zu Raimunds Zimmer. Es ist unter dem Dach und hat ein eigenes Bad.

Erst hier sagt Henk: Ich habe Ärger zu Hause, und ich muß etwas essen.

Raimund geht wieder hinunter, um die Haushälterin zu bitten, einen Imbiß zu richten.
Es wird ihr nicht recht sein, denkt Henk. Sie kann ihn nicht leiden. Er steht an der offenen Balkontür und sieht über die Wipfel der Tannen in den Himmel, bis Raimund mit einem Tablett zurückkommt.
Während er ißt, spielt Raimund ihm seine neuen Schallplatten vor.
Du hast es gut, sagt Henk kauend, du kannst ein ganz eigenes Leben führen.
Gut? wiederholt Raimund nachdenklich. Mein Vater ist froh, wenn er mich nicht sieht. Das ist alles, was ich habe.
Er schaltet für Henk das Fernsehgerät ein. Er besitzt es erst seit zwei Monaten. Sie sehen zusammen eine Fußballübertragung. Für Henk ist es ein Erlebnis. Er schaut gebannt auf das leuchtende Bild und vergißt die Mutter dabei.
Es ist so echt, sagt er, als liefe man selbst hinter dem Ball. In der Pause nach der ersten Halbzeit werden Nachrichten gesendet. Henk verabschiedet sich.
Er fährt mit der Bahn nach Hause. Im Zug ist es noch heiß und schwül. Die Kühle des Abends ist noch nicht eingedrungen. Er steht zwischen sonnenverbrannten Familien mit Decken und Badetaschen. Er ist ruhig und gefaßt. Trotz der Enge spürt er den Abstand, den er zu den anderen hat. Er weiß mit großer Sicherheit, daß er kein Kind mehr ist.
Er schließt die Wohnungstür auf und erwartet, daß die Mutter gleich zu ihm auf den Flur stürzt. Es geschieht nichts, alles ist still.
Er geht in sein Zimmer. Fiz ist nicht da, aber er hat einen Zettel auf den Tisch gelegt: Bin bei Mutter im Krankenhaus.
Die Nachricht trifft Henk unerwartet heftig. Er läuft hinaus und klingelt bei den Nachbarn.
Sie haben den Notarzt gerufen, als sich die Mutter gegen sieben

Uhr zu ihnen geschleppt hat, leichenblaß, zitternd, sie konnte kaum sprechen. Der Notarzt hat sie sofort in die Klinik gebracht, ein Herzanfall. Fiz ist vor einer Stunde nach Hause gekommen und ist jetzt bei ihr.

Henk packt ein Gefühl aus Schuld und Mitleid. Getrieben von Angst rennt er zum zweiten Mal an diesem Sonntag die fünf Stockwerke hinunter. Diesmal nicht von der Mutter weg, sondern zu ihr hin.

Die Bahn kommt ihm entsetzlich langsam vor. Das Halten an den Stationen dauert ewig, und das Paar, das auf der anderen Seite an der Tür steht und laut über Geflüstertes lacht, wirkt auf ihn unerträglich oberflächlich.

Die nächste Station ist es, denkt er, die nächste ist es, und er starrt durch die Scheibe hinaus in die Dunkelheit. Er hätte ihr das nicht antun sollen, diese verzweifelte Sorge, sie liebt ihn doch.

Noch bevor der Zug steht, springt er schon ab und läuft aus dem Bahnhof.

Im Flur des Krankenhauses kommt Fiz ihm entgegen. Es ist keine Gefahr, sagt er beruhigend, du kannst zu ihr gehen. Morgen oder übermorgen darf sie wieder raus.

Henk betritt das Krankenzimmer, vier Betten, zwei auf jeder Seite, Nachttischlämpchen brennen, es riecht nach Urin und Kölnisch Wasser.

Guten Abend, sagt er leise, nickt den fremden Frauengesichtern zu und geht zum Bett seiner Mutter. Sie liegt hinten links.

Er beugt sich über sie und streichelt ihr Haar.

Du, flüstert die Mutter und fängt an zu weinen.

Ich bin ja wieder da, sagt er zärtlich. Es ist ja alles gut.

Die Mutter schließt die Augen. Hat es dir Fiz erzählt? fragt sie müde.

Die Nachbarn, sagt er.

Die Mutter macht die Augen auf und sieht ihn erschrocken an:

Die Nachbarn? Aber woher wissen die das denn?
Wie verwirrt sie ist, denkt er gerührt.
Eine Schwester kommt herein und bittet ihn zu gehen. Die Mutter braucht Ruhe.
Unten in der Halle wartet Fiz auf ihn. Sie gehen zusammen zum Bahnhof.
Es ist so gewesen, sagt Fiz, das Kniha ihr gestanden hat, daß er verheiratet ist. Sie hat ihn aus dem Haus geworfen und sich dabei so aufgeregt, daß sie keine Luft mehr bekommen hat.
In Henks Magen krampft sich etwas zusammen, und er muß mehrmals schlucken. Ah ja, sagte er mühsam.
Die Bahn hält, und sie steigen ein.
Henk sitzt während der Fahrt schweigend am Fenster und sieht wieder in die Dunkelheit hinaus. Daß er die Wahrheit gerade von Fiz erfahren muß. Dieser böse kleine Fuß.

Wir brauchen mehr Licht, sagt Laura, man sieht ja nichts. Sie steht im Keller und kramt mit Baba und Karo in Koffern und Kartons: gut verpackte Handtücher mit Monogramm, Bettwäsche, Damastservietten und Schachteln mit Besteck. Der Keller ist kühl und dunkel, und überall liegt feiner Kohlenstaub.
Laß mal, sagt Karo und bläst ihre Haare aus der Stirn, wir haben es gleich. Ich weiß auch ohne Licht, was meins ist.
Wie Baba verwahrt sie hier unten seit dem dreizehnten Geburtstag die Geschenke, die für später gedacht sind. Nur Laura sammelt nichts. Sie hat einen Widerwillen gegen das Wort Aussteuer.
Dein Zahnarzt hätte dich auch ohne das Zeug genommen, sagt sie zu Baba, während sie den Keller wieder zuschließt.
Wer weiß? lacht Baba hinter dem Wäscheturm, den sie auf ihren Armen trägt und der ihr bis zu den Augen reicht.
Im Treppenflur bietet eine Nachbarin ihre Hilfe beim Tragen an. Sie hat ein Lächeln auf dem Gesicht, das geheime Verbundenheit ausdrückt und Laura gerade deshalb unangenehm ist.
Alte Urschel, flüstert Baba, nachdem sie höflich abgelehnt hat.
Laura ist ihr dankbar dafür. Die Grenzen sind gesetzt. Niemand soll zugelassen sein bei diesem Abschied, der sicher keiner ist, aber für Laura doch auch das Ende einer Nähe bezeichnet, die bisher galt.
In Babas Zimmer gibt es nicht viel zu tun. Nur ihre Kleidung

muß in einer Kiste zusammengelegt werden. Zwei Bilder und den Kerzenhalter aus Porzellan nimmt sie mit, alles andere läßt sie zurück.
Sie zieht in eine Vierzimmerwohnung mit Gartenanteil, sieben Stationen mit der Bahn, aber sie bekommt auch Telefon. Ihre Schwiegereltern haben die Einrichtung gekauft: ein Schlafzimmer, weißer Schleiflack, Spiegeltüren, goldene Knäufe, Wohnzimmer und Eßzimmer aus Teakholz, rund und glatt mit schöner Maserung. Laura hat sich schon alles angesehen.
So. Baba macht die Kiste zu, setzt sich auf einen Stuhl und sieht Laura und Karo an.
Im Zimmer ist es heiß, der geblümte Vorhang am geöffneten Fenster bauscht sich leicht im Wind.
Tja. Karo stößt ratlos mit ihrem nackten Fuß die Kiste an. Jetzt hat Mutter auch ein eigenes Zimmer.
Laura tritt ans Fenster und beugt sich hinaus. Eine Frau mit einem Abfalleimer geht über den Rasen auf das Müllhäuschen zu.
Laura erschrickt, als es an der Wohnungtür klingelt. Von draußen ruft die Mutter: Der Wagen ist da. Laura dreht sich schnell zu Baba um. Sie nickt ihr zu und hat Mühe, die Tränen zurückzuhalten. Einen Moment lang ist es im Zimmer ganz still.
In der Kirche sitzt Laura zwischen Moll und Karo. Die Stimme des Pfarrers ist wie eine weiche Woge, und Karo fängt an zu weinen.
Laura weiß, wie groß Karos Sehnsucht nach einem Gefühl ist und wie sehr sie sich eine dauerhafte Beziehung wünscht. Sie hat noch immer keinen, den sie zur Hochzeit hätte einladen können.
Laura würde Karo gerne zuflüstern: Da kniest du auch bald. Aber sie hat Wimperntusche aufgetragen. Wenn sie plötzlich einer Rührung nachgibt, wird alles verlaufen. Dunkle Rinnsale hinunter zum Kinn und schwarze Tropfen an der Nase.

Sie wehrt sich dagegen. Sie sieht auf Babas Schleier und läßt sie auf die Frage des Pfarrers einfach nein sagen. Das Gesicht der Mutter verzieht sich vom bewegten Stolz hin zum Erschrecken, die Nachbarin hebt ruckartig den bisher gesenkten Kopf, der Pfarrer glotzt, der Schwiegervater zeigt noch die Hoffnung, sich verhört zu haben, aber das Raunen beginnt schon. Der Zahnarzt sieht Baba an, Baba steht auf, wendet sich zu Laura um, breitet die Arme aus und ruft noch einmal laut durch die Kirche: Nein! Das Raunen schwillt zum Stöhnen, dann zum Schreien an. Baba schwebt langsam in die Höhe des Raums, ein strahlend weißer Fesselballon.

Moll nimmt verstohlen Lauras Hand und drückt sie. Die Orgelmusik setzt gerade wieder ein, und das Brautpaar verläßt die Kirche.

Draußen steht ein Fotograf, und Laura legt für das Gruppenbild den Arm um Karo.

Auf dem kurzen Weg hinüber in den schattigen Garten des Gasthauses fragt Moll, ob sie nächsten Dienstag mit ihm zur Arbeitsgruppe geht. Laura verspricht es.

Ein Zimmer im Hinterhof, Parterre, dunkel, stickig, ein süßlicher Geruch von Verwesung zieht aus den Abfallkübeln unter dem offenen Fenster herein. Die Wände sind kahl und schmutziggrau. An einem langen Tisch sitzt die Gruppe, acht Männer und eine Frau mit kurzem Haarschnitt und einem strengen Zug um den Mund.

Laura setzt sich schnell auf einen freien Platz und nimmt ihre Unterlagen aus der Tasche. Den Text, der diskutiert werden soll, hat sie genau gelesen und sich Anmerkungen gemacht.

Ohne aufzusehen, spürt sie, wie sie gemustert wird. Angreifen, denkt sie und zwingt sich dazu, die Gesichter mit kaltem Blick abzuschwenken. Herablassung gegen Herablassung. Ihre Hände werden feucht vor Aufregung.

Sie formt Sätze vor und sucht nach einer Lücke, in die sie hinein-

passen. Die Gruppe hört ihr zu, unterbricht nicht, lacht nicht, niemand verdreht die Augen. Die Mauer ist durchstoßen. Sie ist erleichtert und hat ein Gefühl der Befriedigung. Sie beginnt, ohne Angst aufzunehmen, worüber gesprochen wird.
Als die Aschenbecher schon geleert werden, lächelt die Frau sie an: Schön, daß du jetzt dabei bist.
Laura fühlt sich ihr plötzlich verbunden und sagt: Es sind wirklich zu viele Männer da.
Die Gruppe plant, an einem Sternmarsch gegen den Faschismus teilzunehmen. Treffen am Samstag um drei, eine Stunde Bahnfahrt, vier Stunden Marsch, Übernachtung in einer Turnhalle, Teilnahme an der Großkundgebung und Rückfahrt mit der Bahn. Laura wäre erst am Sonntag gegen fünf Uhr wieder zu Hause.
Das erlaubt meine Mutter nie, sagt sie zu Moll. Sie sitzt mit ihm auf der alten Treppe am Bahndamm. Es ist schon dunkel, die Luft ist warm und riecht nach Erde.
Frag doch erst mal. Er sieht sie an. Sein Gesicht ist nah, und seine Lippen sind halb geöffnet.
Laura schließt die Augen, als er seine Arme um sie legt und sie an sich zieht. Sie fühlt seinen Körper und denkt dabei an eine Felsenbucht auf einer Insel. Sie gehen im warmen Wasser aufeinander zu.
Beim Aufschließen der Wohnungstür ist Laura froh, daß die Mutter nicht gerade im Flur steht. Sie will diesen wissenden Blick nicht ertragen müssen.
Sie eilt ins Badezimmer, richtet sich die Haare, prüft, ob Molls Bartstoppeln ihr Gesicht gerötet haben, und geht erst dann in die Küche.
Nun ja, sagt die Mutter. Warum eigentlich nicht? Wenn es für eine gute Sache ist und alle hinfahren.
Auf einer alten Druckmaschine zieht Laura mit Moll die Handzettel ab, die auf den Straßen verteilt werden sollen.

Moll dreht die Kurbel und sagt, ohne Laura dabei anzusehen: Wir könnten zwei Zimmer in einer Pension nehmen.
Sie weiß, wie wichtig jetzt ihre Antwort ist. Ja, könnten wir vielleicht. Sie bindet einen Stapel bedruckten Papiers mit einer Schnur zusammen.
Samstag abend. Eine dicke Wirtin mit hochtoupierten gelben Haaren steht hinter dem Schanktisch und gibt Moll die Schlüssel: Nummer drei und Nummer vier, die Stiege ganz nach oben, und die Toilette ist dann hier in der Gaststube.
Lauras Magen krümmt sich vor Peinlichkeit und ihr hilft nur der Gedanke, daß sie die Wirtin nie wiedersehen wird.
Auf der Treppe versucht Moll, Laura zu umarmen, aber sie wehrt ihn ab und geht stumm in ihr Zimmer.
Sie verriegelt die Tür. Ihre Bewegungen werden langsam. Sie zieht sich aus, legt ihre Sachen sorgfältig über den Stuhl, gießt aus dem Krug Wasser in die Waschschüssel, nimmt Seife und Handtuch aus ihrem Rucksack, wäscht sich, trocknet sich ab und streift das Nachthemd über, das Karo ihr geliehen hat.
Sie setzt sich auf das Bett, das unter dem Dachfenster steht, und weiß nicht, wie sie sitzen soll. Sie steht wieder auf, entriegelt die Tür, legt sich unter die Bettdecke, obwohl es im Zimmer sehr warm ist, und wartet.
Sie hört Molls Tür gehen und fühlt ihren Herzschlag im Hals. Moll klopft und kommt herein.
Es ist anders, als sie es sich vorgestellt hat. Es geht sehr schnell, ohne Schmerz und Blut auf dem Laken. Sie hat kein starkes Gefühl dabei. Es ist nichts Unbekanntes, Erschütterndes.
Noch auf ihr liegend flüstert Moll: Ich liebe dich.
Sie fängt an zu weinen, obwohl es nicht nötig wäre, aber sie will die Bedeutung dieses Augenblicks für sich selbst vergrößern.
Sie wacht auf, weil Moll ihre Schulter küßt. Das frühe Licht fällt schon durch das Dachfenster herein. Sie fühlt sich entlastet und frei.

Moll erzählt ihr von dem Schrebergarten, den seine Eltern haben, zwei Apfelbäume, Stachelbeerbüsche, Blumen, ein Komposthaufen und eine Gartenlaube. Wir könnten da abends immer hingehen, sagt er.
Warum? Laura lacht.
Willst du das wirklich wissen?
Sie nickt und rückt näher.
Den Kopf wirft sie zur Seite, sie braucht mehr Luft, sie kann Molls Mund nicht auf ihrem haben, ihr Körper bäumt sich unter ihm auf, will ihn fast abwerfen, zugleich umklammern ihre Arme aber seine Schultern, und alles geschieht ohne ihr Zutun, sie kann es nicht aufhalten, sie will es nicht aufhalten, es soll sein, bitte, jetzt.
Auf der Rückfahrt in der Bahn ist sie müde und ausgelassen. Sie findet die Kühe auf den Feldern und die Notbremse im Abteil ebenso komisch wie Molls Versuch, ihr aus seinen Schnürsenkeln ein Armband zu basteln.
Wir wollen immer zusammenbleiben, sagt er ernst beim Abschied am Bahnhof.
Laura geht mit dem starken Wunsch nach Hause, daß Baba früher als geplant von ihrer Hochzeitsreise zurückgekommen ist, damit sie ihr alles erzählen kann. Wenigstens Karo soll da sein.
Karo ist im Schwimmbad, und weil Laura nicht an sich halten kann, berichtet sie der Mutter ausführlich vom Sternmarsch und gibt dabei auch mehr und mehr über Moll preis.
Die Mutter lächelt und nickt.
Laura ist fast gerührt über diese stumme Zustimmung und spürt, daß hier ein Wendepunkt möglich ist, daß aus der Feindschaft eine neue Nähe werden könnte, nicht mehr die zwischen Mutter und Kind, sondern die zwischen Frau und Frau.
Wie war es damals bei dir? fragt sie.
Genauso, sagt die Mutter. Alle glauben ja, daß der erste der einzige ist. Später habe ich dann eben deinen Vater kennengelernt.

Laura läßt sich nichts anmerken und geht in ihr Zimmer. Sie ist den Tränen nahe. Wie gemein und hinterhältig, denkt sie und schwört sich, daß es das letzte Mal war, daß sie der Mutter etwas anvertraut hat.

Vierzig Mark die Woche, und heute fange ich an. Henk lacht stolz. Er steht mit Raimund auf dem Schulhof.
Das lohnt sich doch gar nicht, sagte Raimund fast verächtlich, und dafür jeden Nachmittag arbeiten.
Für mich lohnt es sich schon. Henk ist gereizt und will das Gespräch beenden.
Ich meine ja nur, daß ich dich dann nicht mehr treffen kann, lenkt Raimund ein. Außer in deiner Gärtnerei.
Du wirst es überleben. Henk sieht an Raimund vorbei auf die Blätter, die der Wind über den Hof treibt. Es klingelt, und jeder von ihnen geht wieder in seinen Klassenraum.
Um vier hockt Henk vor einem langen Beet neben dem Gewächshaus und steckt eine Blumenzwiebel in die Erde.
Richtig, sagt die Frau, die neben ihm kniet. Du hast es jetzt verstanden.
Er riecht den Duft ihres Parfums und kann unter dem halbgeöffneten Kittel ihren Brustansatz sehen. Er hat nicht den Mut, sie anzulächeln, aber in Gedanken zieht er ihr den Arbeitshandschuh aus und küßt die Innenfläche ihrer weißen, kleinen Hand.
Ein Gärtner geht hinter ihnen vorbei. Na, Rosa, ruft er anzüglich herüber, probierst du eine neue Stellung aus mit unserem jungen Freund?
Henk schießt die Röte ins Gesicht. Die Frau lacht nur. Laut und ordinär findet er sie plötzlich. Sie hat den Kopf etwas zurückgeworfen, und in ihrem Mund glänzt ein Goldzahn.

Das ist hier halt so der Ton, sagt sie entschuldigend zu ihm und geht zum Wasserhahn, um den Gartenschlauch anzustellen.
Henk verzeiht ihr sofort. Er fühlt, sie möchte anders sein. Vielleicht kann er ihr helfen und sie vor den Zugriffen schützen.
Als es dunkel wird, trägt er den Sack mit den Blumenzwiebeln ins Gewächshaus und geht zur Baracke, um sich umzuziehen. Er öffnet die Tür und sieht den Gärtner, der ihren Körper an die Wand preßt, seine Hände sind unter ihrem Kittel.
Huch, lacht sie ohne großen Aufwand, eher beiläufig, und schiebt den Gärtner von sich weg.
Wie betäubt steht Henk im Büro. Sechs Mark werden ihm ausbezahlt.
Also dann, bis morgen. Der Besitzer schließt die Kasse.
Ohne nachzudenken sagt Henk: Ich komme nicht mehr. Fluchtartig verläßt er die Gärtnerei.
Er setzt sich an den Bahndamm. Er könnte heulen vor Wut. Eine Nutte ist sie, eine billige Nutte, und er hat sich auch noch täuschen lassen. Sie hat ihn behandelt wie einen dummen Jungen. Das wird ihm nicht noch mal passieren. Morgen geht er tanzen, nimmt sich ein Mädchen und zeigt es ihnen allen. Die vierzig Mark sind ihm egal. Er findet leicht eine andere Arbeit.
Aus einer Telefonzelle ruft er Raimund an und verabredet sich mit ihm.
Nachts träumt er von der Frau. Sie steht in der Mitte einer großen Höhle und lacht. Von den nassen Wänden kommt ein Echo zurück.
Als Henk am nächsten Nachmittag losfährt, regnet es, und die Luft riecht nach faulem Laub. Er stellt sein Fahrrad vor dem Jugendhaus ab und ärgert sich, daß seine neuen Schuhe naß geworden sind. Er läuft hinüber und betritt die kleine Halle. Raimund ist noch nicht da.
Durch die Glastür sieht Henk etwas weiter unten am Platz ein Taxi halten. Raimund steigt aus und kommt eilig die Straße her-

auf. Henk tritt zurück, stellt sich hinten an der Wand vor ein Plakat und betrachtet es. Er will nicht, daß Raimund weiß, daß er das Taxi gesehen hat.
Am Eingang zum großen Saal steht der Heimleiter und sagt mechanisch: Alle unter achtzehn dürfen nur bis halb elf bleiben.
Henk zieht seine Krawatte zurecht und lächelt sehr kalt: Sehen wir aus wie unter achtzehn?
Der Heimleiter ist verdutzt und schaut ihn und Raimund erst jetzt prüfend an: Irgendwie schon. Freundlich schiebt er sie in den Saal.
Die Lampen sind mit rotem Kreppapier verkleidet und machen ein sanftes Licht. Die Kapelle spielt schon, aber es ist noch ziemlich leer. Henk kann einen Tisch direkt neben der Tanzfläche aussuchen.
Er ist entschlossen, sich rücksichtslos zu verhalten. Er mustert die Mädchen nacheinander und stellt seine Blicke dabei deutlich aus. Noch bevor der Saal sich ganz gefüllt hat, ist seine Entscheidung schon klar.
Die da, sagt er zu Raimund und zeigt ihm ein Mädchen, das drei Tische weiter sitzt und mit einem Strohhalm aus einer Limonadenflasche trinkt. Sie hat ihre Lippen fast weiß geschminkt.
Wahrscheinlich ist sie etwas älter als du, sagt Raimund.
Henk spürt, daß Raimund sich unwohl fühlt und sein Interesse nur heuchelt. Absichtsvoll grob schlägt er ihm auf die Schulter: Und jetzt such dir auch eine aus.
Henk tanzt wild mit dem Mädchen und spricht kein Wort. Er sieht Raimund am Tisch sitzen, verloren und zerbrechlich, und er würde ihn am liebsten aus dem Saal jagen.
Die Kapelle macht eine Pause, und er sagt unfreundlich zu dem Mädchen: Komm, wir gehen raus. Sie folgt ihm, ohne etwas zu erwidern.
Wollt ihr schon weg? fragt der Heimleiter an der Tür.
Nein, sagt Henk, wir spielen nur oben Tischtennis.

Im ersten Stock ist es dunkel. Henk setzt sich mit dem Mädchen auf die Fensterbank. Es regnet nicht mehr, der Himmel ist klar, und er kann die Gleise drüben am Bahndamm erkennen.
Ich mag fahrende Züge, denkt er. Einen Moment lang ist er versonnen.
Ruckartig steht er auf, preßt das Mädchen an sich, sucht ihren Mund mit seinem und beißt ihr in die Lippe.
Bist du blöd oder was? schreit sie empört, macht sich von ihm los und läuft zur Treppe.
Henk ist zufrieden. Er hat das Gefühl, sich gerächt zu haben. Er sieht hinüber zu den Gleisen und sagt voller Verachtung: Weiber!
Die Mutter ist noch wach, als er nach Hause kommt. Sie steht im Morgenmantel in der Küche und trinkt ein Glas Milch.
Wie war es denn? fragt sie.
Nett, sagt er.
Nett? wiederholt sie, etwas ungläubig.
Ja, sagt Henk, einfach nett, und geht in sein Zimmer.

Er hat sich sehr verändert, sagt Molls Vater zu Laura. Früher war er eher unbeständig.
Molls Mutter streichelt Lauras Hand: Jetzt weiß er eben, was er will. Nur das Rauchen, fügt sie hinzu, das müssen Sie ihm auch noch abgewöhnen.
Sie halten mich für eine Zauberin, lacht Laura, als sie später mit Moll in der Gartenlaube sitzt.
Um die Kerze, die Moll angezündet hat, schwirrt eine Motte. In der Laube riecht es nach feuchtem Holz, Teerpappe und faulen Äpfeln. Für Laura ist es ein vertrauter Geruch, er erinnert sie an das Häuschen.
Du bist eine Zauberin. Moll zieht sie zu sich auf das alte Sofa.
Sie liegt nackt neben Moll. Er greift nach seinen Zigaretten, zündet sich aber keine davon an. Der Vater, der jeden Morgen vor der Arbeit in den Garten fährt, soll keinen Verdacht schöpfen.
Wir werden bald eine richtige Wohnung haben. Moll sieht sie zärtlich an. Ohne Heimlichkeiten. Alles wird uns gehören, und nur wir beide werden bestimmen, wen wir hereinlassen.
Er steht auf, zieht aus der Tasche seiner Hose ein Papier und legt es neben die Kerze auf den Tisch.
Sie beugt sich darüber und liest. Es ist ein Bausparvertrag.
Habe ich heute abgeschlossen, sagt Moll stolz. Für dich und mich.
Zu Hause nimmt Laura eine der Kapseln, die Karo ihr aus der

Apotheke mitgebracht hat, und die das Hungergefühl verhindern sollen.
Mit dem Zentimetermaß aus dem Nähkorb geht sie ins Badezimmer und mißt den Umfang ihrer Schenkel nach, die sie zu dick findet. Sie kann noch immer keinen Erfolg feststellen.
Sie legt sich auf ihr Bett und versucht, im Schein der kleinen Lampe ein Kreuzworträtsel zu lösen. Sie wartet auf die Wirkung der Kapsel. Mit Karo kann sie nicht reden, die ist noch nicht da. Entweder trifft sie gerade ihren Pharmavertreter oder den Ingenieur, um herauszubekommen, wer von den beiden es wirklich ernst mit ihr meint.
Laura legt das Rätsel zur Seite. Sie muß einfach etwas essen.
Während sie, bereits mit ihrem eigenen Schuldgefühl belastet, in der Küche steht, kommt die Mutter herein, als hätte sie auf der Lauer gelegen. Iß abends wie ein Bettler. Sie sieht dabei auf Lauras dick belegte Brote.
Die Schwäche eines anderen so herauszustellen ist für Laura ein Zeichen fehlender Achtung vor Menschen. Nie würde sie selbst jemandem das antun.
Verbittert ißt sie in ihrem Zimmer die Brote und verläßt dann noch einmal die Wohnung. Sie will aus der Telefonzelle im Bahnhof Baba anrufen.
Wie geht es dir und deinem Bauch? fragt sie munter. Baba ist im siebten Monat schwanger.
Gut, sagt Baba, wir haben nur gerade Gäste.
Nach dem Auflegen des Hörers steht Laura noch einen Moment lang enttäuscht in der Zelle. Sie muß mit Baba über die wachsende Kluft zwischen der Schule und dem wahren Leben sprechen. Es kommt ihr vor, als würde sie im Unterricht und in den Pausen eine Rolle spielen, über die sie längst hinausgewachsen ist. Die Fragen, mit denen sie sich im Klassenzimmer beschäftigen muß, sind zu Scheinfragen geworden. Die Art der Antworten hat keine Bedeutung für ihren Alltag und ist nicht mehr als

nur ein Anlaß für Zensuren. Auf dem Schulhof und vor den Spiegeln der Mädchentoilette fühlt sie sich zunehmend wie eine Reisende, die nicht gegen fremde Sitten verstoßen will.
Laura geht durch den Bahnhof, vorbei an Henk, der am Schalter ein Fünfzig-Pfennig-Stück in Groschen umwechselt, um mit Raimund telefonieren zu können.
Ich werde die Schule verlassen, denkt Laura. Aber sie weiß auch, daß dieser Entschluß noch nicht ausreicht, denn sie muß die Mutter um Erlaubnis dafür bitten.
Beim Einschlafen ballt sie unter der Bettdecke die Fäuste: Sie wird sich durchsetzen.
Der nächste Morgen ist herbstlich kühl. Lustlos steigt Laura in den Zug. Zwei Stationen. Der Zug hält. Sie steht mit ihrer Schultasche an der Tür. In einem Sekundenbruchteil entscheidet sie, nicht auszusteigen.
Sie fährt weiter, an der Schule vorbei bis zur Seestraße, und genießt ihre Verweigerung.
Am See setzt sie sich auf einen Baumstamm, sieht ins Wasser und folgt mit den Augen den Bewegungen der Algen, die sanft hin- und herschweben. In der Klasse beginnt jetzt die Geschichtsstunde. Moll arbeitet im Akkord und hat bald Frühstückspause in seiner Fabrik. Karo wird gleich in ihrer Apotheke sein, und Baba geht noch im Morgenmantel mit ihrem runden Leib durch die Wohnung.
Laura will sich ganz ihren Gedanken hingeben, ungestört von der übrigen Welt, in sich selbst versunken. Aber die Sonne wärmt noch nicht, der Baumstamm ist feucht, und beides zwingt sie, etwas zu tun.
Sie stellt ihre Schultasche so hin, daß sie vom Weg aus nicht zu sehen ist, und geht das kurze Stück am Ufer entlang zum Kiosk. Sie erwartet nicht, daß er schon geöffnet hat, sie will sich nur bewegen, betrachtet die Reklameschilder und schlendert wieder zurück.

Auf ihrem Baumstamm sitzt Jan. Er hat sich seine Jacke untergelegt, trägt einen dunkelblauen Rollkragenpullover und liest in einem Buch.
Verzeihung. Laura lächelt freundlich. Meine Tasche.
Er sieht auf und lächelt nicht. Seine Augen sind dunkelbraun, und sein Gesicht hat etwas Verletzbares.
Blau oder rot? fragt er.
Laura ist überrascht, sagt aber, ohne zu zögern, schnell: Rot.
Er klappt sein Buch zu und beginnt, über den Inhalt zu reden, nachdenklich, mit kritischer Distanz. Der Professor, bei dem er Vorlesungen über Filmsprache hört, hat es geschrieben.
Sie nimmt sich vor, das Buch zu kaufen.
Was war das mit blau und rot? Fragend sieht sie ihn an.
Rot hat entschieden, daß ich heute nach Paris fahre, sagt er.
Sie glaubt ihm sofort, obwohl Paris für sie sehr weit entfernt ist und sie niemanden kennt, der schon einmal dort gewesen ist. Sie sieht, daß er schöne Hände hat und keine richtigen Schuhe trägt, sondern merkwürdige Stiefel mit Hakenschnürung.
Und wann geht es los? Unschlüssig greift sie nach ihrer Tasche.
Wenn du keine Lust mehr hast, mit mir zu reden, dann fahre ich.
Er steht auf: Trinken wir was?
Sie geht mit ihm ins Seecafé und bestellt Espresso wie er.
Um ihn zu beeindrucken, erzählt sie ihm, daß sie gerade einen Heiratsantrag bekommen hat. Sie ist froh, daß sie ihre eigenen Wünsche dabei nicht genauer beschrieben hat, denn er lacht wie über etwas Unsinniges und sagt: Um Gottes willen, heiraten! Es gibt angenehmere Formen der geistigen Verwirrung!
Er hört aber aufmerksam und ernsthaft zu, als sie ihm, zunächst noch vorsichtig, über ihre Arbeitsgruppe berichtet. Er bewirkt dadurch, daß sie die Bedeutung dieser Treffen für ihr Leben stark vergrößert.
Was wirst du studieren? Er spielt mit einem Bierdeckel.
Ich weiß noch nicht, aber ich mache ja auch erst in einem Jahr

Abitur. Zu ihrer eigenen Verwunderung kommt ihr die Antwort ehrlich vor.
Gegen halb eins muß sie nach Hause. Jan steigt in sein Auto, das er an der oberen Seestraße geparkt hat. Wenn ich zurück bin, melde ich mich. Er läßt den Motor an.
Er hat ein eigenes Auto, denkt Laura. Und es scheint für ihn ganz selbstverständlich zu sein, daß er frei ist.
Auf Wiedersehen, sagt sie und ahnt, daß etwas Neues begonnen hat.

Der Horizont ist noch hell

Am Rockefeller Zentrum bleibt Henk stehen. Menschen drängen sich an den Balustraden über dem hellerleuchteten Eisplatz. Sie schauen hinein wie in ein Raubtiergehege. Ein eisiger Wind bläht die Fahnentücher und mischt die Farben der Nationen. Die Masten stehen eng beieinander wie ein Gitter.
Henk fühlt sich müde und verloren. Sein erster Abend in New York. Er war schon an der Jong-Klinik, Lexington, Ecke 77. Straße. Einfach ein Haus zwischen den anderen, nichtssagend von außen. Er ist nicht hineingegangen. Eliott erwartet ihn erst morgen um zehn. Er wollte nur irgendein Ziel haben.
Henk hat sich alles anders vorgestellt. Chromblitzend, Supermärkte, breite Straßen. Aber es ist eng und hoch. Der Asphalt aufgeworfen, als drückte eine Unterwelt dagegen und wollte herausbrechen, geschwürartig. Gelbe Taxis fahren hupend darüber hinweg. Die Läden sind schmutzig und vollgestopft. Dazwischen Kaffeestuben und überheizte Imbisse. In einem hat er sich aufgewärmt. Die Scheiben naß beschlagen. Er konnte nicht hinein- und nicht hinaussehen.
Die Menschen zwischen den Häuserblocks erschrecken ihn. Fettsüchtige mit ihrer Fülle, Verwirrte, die irgend etwas schreien, in windgeschützten Eingängen Gestalten. Heruntergekommenes Leben, das gleichgültig läßt. Wer sich nicht dazu rechnen muß, eilt vorbei, aus der Kälte hinunter in die wärmenden Schächte der Untergrundbahn. Die Aktentasche wie das Abzeichen einer Mitgliedschaft, Liga der Distanz. Hast du mal

einen Zehner? Sie hören gar nicht hin. Er wird es nicht aushalten. Er ist hier ein Fremder.
Ein Platz vor den Fahnenstangen wird frei. Zwei Frauen in Pelzmänteln stehen dort. Nachlässig und ohne ihr Gespräch zu unterbrechen, winken sie ihren Kindern auf der Eisfläche zu. Henk lehnt sich neben sie an die Balustrade. Die eine streift ihn mit kurzem Blick, ist beruhigt und wendet sich wieder der anderen zu. Taschenräuberblick, denkt Henk.
Die Schlittschuhläufer unter ihm bewegen sich wie Figuren auf einer Spieldose. Jeder hat seine festgelegte Bahn, kreisförmig, immer um einen unsichtbaren Mittelpunkt herum. Sie laufen alle in die gleiche Richtung. Geheime Regeln, gegen die niemand verstößt.
Henks Ohren schmerzen vor Kälte. Er hätte gerne eine Strickmütze wie der Mann links von ihm. Auch wenn er damit ebenso lächerlich aussehen würde, gelb mit blauen Streifen.
Die Tanzmusik ist laut, aber er kann trotzdem hören, was die beiden Frauen reden.
Krebs, also bitte, was will sie damit?
Es ist einfach die schlechteste Möglichkeit. Hast du es ihr nicht gesagt?
Natürlich. Sie hört nur nicht auf mich.
Albert ist Löwe. Warum nimmt sie nicht Albert?
Henk muß fast lachen. Sie sprechen über Sternzeichen. Er versteht nichts davon. Aber es wäre ihm egal. Ihm würde schon irgendein Unsinn einfallen. Warum sehen sie ihn nicht an? Ein kleines Lächeln, eine Aufforderung. Er würde gerne etwas sagen. Einfach nur, um seine Stimme zu hören, ob er überhaupt noch eine hat.
Sein letztes Wort heute war: Danke. Mit einem Nicken ging es an den Hausdiener im Hotel. Ein Inder in einer roten Uniform. Er roch nach einer Mischung aus Zwiebeln, Schnaps und Mottenkugeln. Bis vor die Zimmertür hat er Henks Koffer getragen.

Er hat aufgeschlossen und mit strengem Gesicht auf den schäbigen blauen Teppichboden gedeutet: Nix Löcher machen.
Henk ist sicher, daß der Teppich nur verdecken soll, daß die Bohlen darunter schon durchgebrochen sind. Er wird vorsichtig auftreten in diesem Zimmer.
Die beiden Frauen neben ihm lösen sich von der Balustrade. Verfolgt vom Blick ihrer Kinder schlendern sie langsam auf die andere Seite des Eisplatzes. Für Henk hat ihre Bewegung Bedeutung. Sie haben ihn geprüft und abgelehnt. Er hat nicht bestanden, keine Neugier erweckt, seine Gegenwart hat sie nicht festhalten können. Ihre kalten Füße sind ihnen wichtiger.
Sie haben zuviel Rouge aufgetragen, und sie glauben an Sternzeichen. Henk könnte sie verachten. Sie unterwerfen sich ihren Ehemännern und werden schon längst heimlich von ihnen betrogen. Aber ihretwegen wünscht er sich jetzt ein berühmtes Gesicht. Er erträumt sich den Augenblick, in dem sie ihn erkennen würden. Das Erstaunen, die wechselseitige Vergewisserung, und er wäre ihr Idol. Sie haben sein Bild schon oft in der Zeitung gesehen. Ein deutscher Arzt, der einmal in der Woche im Fernsehen auftritt. Sie versäumen keine Sendung und befolgen blind alle seine Ratschläge. Sie vertrauen ihm, sie kochen, was er empfiehlt, und sprechen morgens unter dem gelben Baldachin des Hauseingangs mit der Nachbarin und dem Portier über ihn.
Wissen Sie, er hat eine so menschliche Ausstrahlung.
Man kann ihm nichts vormachen. Ich sehe das an seinen Augen. Die Augen sind mir immer das Wichtigste. Er könnte direkt in mich hineinsehen, das spüre ich.
Es gehen Schwingungen von ihm aus. Aber doch noch stärker von seinen Händen. Finden Sie nicht? Positive Schwingungen.
Sie schreiben ihm Briefe und fragen erwartungsvoll an, was sie gegen ihre Zellulitis tun sollen. Sie glauben an ihn, er gibt ihrem dünnen Leben einen Halt. Er weiß nicht mehr, wie er sich ihrer erwehren kann.

Henk sieht sie drüben stehen. Das Licht glänzt matt auf ihren teuren Pelzen. Er hat Mitleid mit ihnen.
Unten halten zwei Erwachsene ein dickes Kind, als wäre es eine Glasscheibe zwischen ihnen. Es steht starr auf dem Eis und läßt sich vorwärtsziehen, ernst und ängstlich. An ihnen vorbei läuft ein Mädchen selbstgefällig seine Runden, ein rosafarbenes Eiskostüm mit weißem Besatz. Sie hat die Arme tänzerisch leicht abgespreizt. Henk hofft, daß sie hinfällt. Er würde gerne dabei zusehen, wie ihre Beifall erwartende Vorführung in einem hilflosen Rudern endet.
Wofür will ich sie bestrafen? denkt er. Vielleicht hat sie Akne und wird von allen jungen Männern im College gemieden. Hier auf dem Eis holt sie sich die Bewunderung, die sie zum Überleben braucht. Es sind doch alles Scheinhaftigkeiten. Blaue Teppiche, unter denen sich jeder verbirgt, porös. Nix Löcher machen.
Er selbst gibt auch nichts von sich preis. Spielt einen Besucher am Rockefeller Zentrum, fügt sich ein und fällt nicht auf. Er brüllt nicht los: Ich bin einsam. Sieht das denn keiner?
Morgen werden sie ihn in der Klinik fragen: Und? Haben Sie sich New York schon etwas angesehen? Er wird nicken und lächelnd aufzählen. Vom Washington Square die Fifth Avenue hinauf, Empire State und Rockefeller, Prometheus Brunnen, die vergoldete Gestalt am Eisplatz. Er wird schon nicht mehr sagen, daß auf der kleinen Flamme in der Hand von Prometheus eine Schneekappe war. Erfrorenes Symbol.
Das Mädchen mit dem rosafarbenen Kostüm zieht weiter seine Kreise. In regelmäßigen Abständen wird sie von einem Mann überholt. Er hat den Oberkörper vorgebeugt, wie ein Schnelläufer, zielbewußt, uninteressiert, als wäre er im Training. Er hat eben auch eine Rolle.
Wie ist eigentlich der Winter in Vietnam? fragt sich Henk. Wahrscheinlich nur Regen, ohne Schlittschuhläufer jedenfalls.

Er wird sich bei den Kindern in der Klinik erkundigen. Das ist eine gute Möglichkeit, sie kennenzulernen. Die Schwestern sollen alle zweisprachig sein, sie werden übersetzen. Na, wie geht es uns denn? Das wird er vermeiden. Er setzt sich zu ihnen auf die Betten und fragt etwas, was er wirklich nicht weiß. Gibt es beim Dorf eine Rodelbahn? Wie geht ein Wasserbüffel auf Glatteis? Vielleicht können sie sogar ein bißchen lachen über ihn. Napalm-Opfer, Feuer in der Hand, aber nicht vergoldet. Feuer ohne Eis, es brannte sich in ihre Haut.

Jong-Klinik, hat Susanna mit Verachtung gesagt, als er ihr von dem Angebot erzählte. Eine Alibifunktion. Und da willst du mitmachen? Wie bedenkenlos du bist. Onkel Jong, der an den Bomben reich geworden ist und jetzt Steuern spart mit seiner Stiftung. Der Mann hat gute Berater. Kinderhilfe, das eignet sich am besten. Mit Jahresberichten auf Hochglanzpapier wird das Gewissen beruhigt. Ich gratuliere dir. Was für eine Laufbahn. Erst ein bißchen Protest. Mit einem Fähnchen gegen den Völkermord. Und jetzt willst du Profil gewinnen durch Forschungen an den Folgen.

Sie war aufgestanden und blitzte ihn zornig an. Sie trug ein kurzes Hemd, das über der Leinenhose eine Handbreit ihres flachen, braunen Bauches freiließ. Er sah, daß sie noch nach einem Wort suchte, das alles ausdrückte.

Kriegsgewinnler, sagte sie.

Henk wußte, daß es ihr darum gar nicht ging. Es verletzte sie, daß er ohne ein Zögern bereit war, sie zu verlassen. Er hätte sich wenigstens die Mühe machen müssen, ihr einen Schmerz vorzutäuschen. Ein bedrücktes Gesicht, eine Bitte um Rat: Ich habe da ein Problem. Wie soll ich mich entscheiden? Susanna hätte dann den Part der verständnisvollen Freundin übernehmen können: Du mußt es tun. Denke nicht an mich.

Er hatte ihr nicht verborgen, daß er die Freiheit schon besaß, die sie ihm erst schenken wollte. Das verzieh sie ihm nicht. Er hatte

ihr das Geben versagt, die großzügige Geste und seinen Dank dafür. Ihm war das klar.
Sie schliefen noch zusammen. Aber er wußte, daß es jetzt vorbei war. Sie lag in seinem Arm und erzählte von einem toten Vogel, den sie als Kind im Garten gefunden und begraben hatte. Schreib mir mal, sagte sie, bevor sie die Wohnungstür schloß. Er hörte ihre Absätze auf den Steinfliesen des Treppenhauses.
Henk wäre froh, wenn Susanna jetzt im Hotelzimmer auf ihn warten würde. Er kann sie anrufen. Aber das ist nicht das gleiche. Es soll jemand da sein, ein warmer Körper. Er will in ein Ohr neben ihm flüstern.
Ich nehme mir ein Taxi, beschließt er. Der kalte Weg zurück ist ihm zu lang, und mit der Untergrundbahn will er nicht fahren. Die vielen Gesichter, denen er ausweichen muß, das angestrengte Unbeteiligtsein, dazu fehlt ihm die Kraft.
Das Taxi ist verraucht, und der Fahrer spricht kein Wort. Die Hände locker auf dem Steuerrad, späht er nach Lücken, schneidet Kurven und überholt ohne Sinn, als gelte es, ein Hindernisrennen zu gewinnen. Er gibt Henk das Gefühl, nur eine lästige Auflage der Rennleitung zu sein. Eigentlich müßte Henk sich dafür entschuldigen, daß er an dieser Veranstaltung überhaupt teilnimmt. Er stört einfach.
Der Wagen hält vor dem Hotel. Der Fahrer nennt noch nicht einmal den Fahrpreis. Er zeigt nur stumm auf den Tachometer und stellt die Innenbeleuchtung an. Quer durch sein dunkelhäutiges Gesicht läuft eine rote, schlecht verheilte Narbe. Schnittwunde von einem Messer mit wellenartiger Klinge, denkt Henk automatisch, vier Millimeter tief.
Er steigt aus. Die amerikanische Art zu leben. Vielleicht war das nie anders gemeint. Worte, bei denen er bisher nur nicht das Seufzen mitgehört hat. Büchsenläufe unter schwankenden Planwagen und erschlagene Sklaven. Die puritanische Spur aus Schweiß und Blut.

Neben dem Hotel ist ein kleiner Krapfenladen. Henk geht hinein. Es riecht nach süßem, heißem Öl. An der Theke lehnt der Hausdiener. Er lächelt breit und nickt Henk anerkennend zu, als hätte er mit dem Betreten dieses Geschäfts eine geheime Prüfung bestanden. In der unteren Reihe fehlen dem Hausdiener drei Zähne.
Sind die besten Krapfen der Stadt. Meine Tochter macht sie. Er zeigt auf die Verkäuferin, die nicht indisch aussieht.
Henk ist überrascht davon, wie fließend der Hausdiener spricht.
Ihre Tochter. Das freut mich. Da habe ich Glück. Er verneigt sich leicht gegen die junge Frau in dem sauberen weißen Kittel. Ich nehme einen mit Heidelbeeren und einen mit Schokolade, bitte. Mein Stimme, denkt er dabei zufrieden, es gibt sie noch, sie klingt wie immer.
Er ist heute angekommen, erläutert der Hausdiener seiner Tochter, die mit schnellen und geübten Griffen die beiden Krapfen in eine Tüte packt.
Papa wird Ihnen eine große Hilfe sein. Er kennt sich aus. Sie lacht Henk an. Er weiß besser Bescheid als sonst einer.
Henk zahlt und hat dabei das Gefühl, daß die beiden ihn wohlgefällig betrachten.
Der Hausdiener verläßt mit ihm zusammen den Laden, als wolle er ihm bei den paar Schritten bis ins Hotel einen Begleitschutz geben.
Morgen früh bekommen Sie ein neues Schloß an Ihre Zimmertür. Er spricht leise und vertraulich. Den Schlüssel haben dann nur Sie und ich. Wollen Sie?
Ohne es genauer zu begreifen, spürt Henk, daß das eine Auszeichnung ist. Er nimmt den Vorschlag dankend an.
Der Hausdiener bleibt im trüben Licht der leeren Halle stehen und winkt Henk, der schon auf der Treppe ist, noch einmal zu: Ich werde ein Auge auf Sie haben. Keine Sorge.

Henk kommt sich vor wie die naive Figur aus einem Film, dessen Titel er vergessen hat. Gerade die Unwissenheit rührt den gedungenen Mörder, der den Törichten aus ungeahnten Gefahren rettet.
Als Henk das Licht in dem fensterlosen Badezimmer anmacht, huschen Kakerlaken unter die rostige Wanne. Er kniet sich auf den braunen, rissigen Linoleumboden und versucht, in die feuchte Höhlung hineinzusehen. Mit einem leichten Ekelgefühl gibt er es auf. Beim Zähneputzen vergewissert er sich, daß die Käfer nicht gerade irgendwo wieder hervorkriechen. An seinen nackten Beinen soll nicht plötzlich etwas herauflaufen können.
Trotz seiner Müdigkeit schläft er nicht gleich ein. Durch die Wände hört er Stimmen und Wasserrauschen, auf dem Flur schlägt eine Tür, und draußen auf der Straße jault eine Sirene vorbei.
Die Feuertreppe, denkt er noch und sieht Scharen großer Kakerlaken an ihr heraufkommen, sie drängen sich auf seinen Fensterscheiben, ihre dunklen Leiber so dicht aufeinander, daß alles schwarz wird...
Am nächsten Morgen ist dünner Schnee gefallen, und der Himmel ist strahlend blau. Gelangweilt wischt ein pockennarbiger Puertoricaner die Halle. Der Inder ist nicht da.
Henk tritt auf die Straße, und sein Atem wird weiß in der kalten Luft. Die Rolläden am Krapfengeschäft sind noch heruntergelassen. Es ist erst halb neun. Er will trotzdem gleich mit der U-Bahn zur Jong-Klinik fahren und irgendwo dort in der Nähe frühstücken. Es wird ihn ruhiger machen, wenn er schon in der richtigen Gegend ist und weiß, daß er nicht zu spät kommen kann.
Der Zug ist voll, aber alles wirkt weniger fremd und bedrohlich als gestern nacht. Henk denkt fast belustigt: Ich bin in New York und fahre zur Arbeit. Ihm fällt ein, wie Bonselt ihn im Institut beglückwünscht hat zu seinem Stipendium. Forschen Sie, tragen

Sie Material zusammen, und habilitieren Sie sich damit. Küschners Assistent hat ihm die Hand geschüttelt und etwas von aufrichtigem Neid gesagt. Die anderen haben gelacht. Es ging ihnen wohl ähnlich.
Henk sitzt an der Theke einer Kaffeestube und rührt in seiner Tasse. Suchend sieht er sich nach einer Zeitung um. Die Zeiger der Uhr rücken nicht weiter, zu früh will er auch nicht da sein. Er trifft den Blick der Bedienung. Eine ältere Frau, mager und sehr blaß. Sie trocknet Gläser ab und lächelt ihn an: Sind Sie Deutscher?
Ja. Sieht man das gleich? Ihm laufen Bilder durch den Kopf. Die Trachtenjacke spannt über dem Bauch, Hirschhornknöpfe, ein roter, breiter Nacken, schwitzig, ein Gesicht mit blonden Haaren, gesund und apfelbackig. Hat er etwas davon?
Sehen? Sie schüttelt den Kopf. Das glaube ich nicht. Als Sie hereinkamen, habe ich Sie für einen Engländer gehalten. Nein, ich rieche das.
Henk lacht. Die Frau bleibt ganz ernst und hält prüfend ein Glas gegen das Licht.
Ich bin Jüdin. Ich habe es während der Besatzung in Holland gelernt. Das Überleben hing davon ab.
Henk muß husten. Er wagt nicht weiterzufragen. Er schämt sich über sein lautes Lachen. Jetzt stumm zu bleiben kommt ihm auch beleidigend vor. Ich will zahlen, kann er schon gar nicht sagen. Nichts paßt zu dieser Situation.
Ein Mann mit einem unangenehm schmalen Oberlippenbart kommt herein, ruft deutsch und dröhnend durch die Kaffeestube: Morgen, Margot! und setzt sich Henk gegenüber an die Theke. Die Frau wendet sich ihm gleich zu. Sie reden über Rükkenschmerzen und die Hochzeit einer gemeinsamen Bekannten. Henk ist erleichtert.
Als sie ihm sein Wechselgeld herausgibt, lächelt sie ihn noch mal an: Wissen Sie, in letzter Zeit verlerne ich es. Früher hätte ich

Sie gar nicht fragen müssen. Eigentlich schade, nicht, wenn man schon mal was kann?
Henk nickt nur und geht schnell hinaus.
Vier Minuten später betritt er durch die große Schwingtür die Jong-Klinik. Der Pförtner ist unterrichtet. Herzlich willkommen. Er drückt Henk die Hand.
Eine vietnamesische Schwester bringt ihn in das Büro von Eliott. An den Wänden hängen Kinderzeichnungen. Henk steht vor einem Mann, der wie ein alternder Boxer aussieht, breit, schwer, schwarz, das krause Haar silbern wie ein Berg winziger Seifenbläschen auf dem Kopf.
Das sind Sie also. Eliott geht einen Schritt zurück und betrachtet Henk wie einen Gebrauchtwagen, prüfend, die Lippe etwas vorgeschoben. Na, das ist doch gut. Er fängt an zu lächeln, erst mit den Fältchen unter den Augen, dann mit dem ganzen Mund. Wahrhaftig, ich freue mich. Er schlägt Henk auf die Schulter, wuchtig, wie ein Schmied auf das Eisen. Ich freue mich sehr.
Henk wird von einer Wärme erfüllt, als hätte eine Sehnsucht sich verwirklicht. Wie die Kinder ihn lieben werden, denkt er. Ein Vater, ein Großvater, der Führer einer Herde. Die Schwestern werden ihn verehren und sich darüber streiten, wer ihm Kaffee machen darf. Ur-Vater. Henk hat etwas gefunden, was er immer gesucht hat.
Komm, sagt Eliott, jetzt fangen wir an zu arbeiten.

Laura sitzt ganz hinten. Der Filmsaal ist nur halb voll, mit dauernder Bewegung. Kommen und Gehen, bei jedem Öffnen der Türen fällt das Licht aus der Halle herein, und die Stimmen von draußen werden lauter.

Diese Unruhe, denkt sie und spürt, daß ihr Pullover unter den Achseln feucht ist. Sie hätte ihn nicht anziehen sollen, aber er sieht am besten aus. Baba hat ihn ihr geschenkt. So viel Auswahl hat sie auch nicht. Die anderen sind schon abgetragen. Dafür schwitzt sie jetzt eben ein bißchen. Es sitzt ja niemand neben ihr, der es riechen könnte.

Nach dem Franzosen ist sie dran, jedenfalls steht das so in der Ankündigung. Bisher haben sie den Plan eingehalten. Noch vier Minuten. Vielleicht ist es gut, daß gerade der vor ihr ist. Ein Dokumentarfilm, bedeutungsschwer, viel zu lange Einstellungen, Marseille im Frühnebel, träge Bilder.

Ihr Film könnte überraschend werden, schnell und leicht. Sie stoßen sich an, nicken sich anerkennend zu: Na endlich, das ist doch was. Aber es kann auch umgekehrt sein. Sie sind schon müde, fast eingeschläfert, wollen lieber einen Kaffee in der Halle trinken, sehen kaum hin und fragen flüsternd nach der Mittagspause. Beides ist möglich.

Laura versucht, im Dunklen die Köpfe der Jury zu erkennen, dritte und vierte Reihe. Es muß anstrengend sein, jede Viertelstunde ein neues Experiment, lauter Aufschreie: Hier bin ich. Ein Stern ist geboren. Eigentlich schreit sie ja auch, sonst wäre

sie jetzt nicht aufgeregt. Trotzdem, sie spricht wenigstens nicht über Hollywood, als hätte sie dort ihre Zweitwohnung. Sie kann zwischen ihren geheimen Hoffnungen und ihrem Abschluß an der Filmhochschule schon noch unterscheiden.
Douglas ist diesmal Präsident. Laura kann seinen gelben Schal sehen. Er sitzt neben dem Dozenten für Kamera. Warum macht er das? Jury-Präsident. Die Ehre ist nicht groß. Ein Bericht im Lokalteil, noch nicht einmal Feuilleton. Studentenfilmfestival. International, das Wort ist angeklebt. Ein paar Kritzeleien von Halbwüchsigen aus verschiedenen Straßen nennt schließlich auch niemand eine Kunstausstellung.
Laura will nicht lächerlich werden. Sie hat den Anspruch an sich, ihre Träume beherrschen zu können. Die Bewunderung, mit der einige über ihren Film gesprochen haben, kam ihr unecht vor. Sie sah darin eine Versuchung, eine Falle, in die sie aus Gleichgültigkeit oder auch aus Boshaftigkeit hineingelockt werden sollte. Eltern, die die unbeholfenen Gehversuche ihres Kleinkindes überschwenglich loben, im Bewußtsein der eigenen Überlegenheit. Das Kind glaubt ihnen, gluckst und zeigt noch mal, was es schon kann. Brav, sagt der Hundebesitzer, hebt das speichelnasse Stöckchen auf und klopft dem wedelnden Tier den Hals. Laura will sich das nicht antun lassen. Sie hat abgewinkt, fast ärgerlich: Eine Übung, mehr ist es nicht.
Der Franzose hat schon seinen Abspann. Rechts drüben wird geklatscht. Er wird dort sitzen, mit denen, die ihn kennen. Ein dünner Applaus ist schlimmer als gar keiner. Laura hofft, daß ihr diese Peinlichkeit erspart bleibt.
Der Saal wird hell. Jetzt wird ihre Rolle eingelegt. In Lauras Magen krampft sich etwas zusammen. Laß das doch, denkt sie. Aber es hilft nichts. Die Reihen füllen sich. Das ist keine Einbildung. Drei Frauen stehen an der Tür, sehen Laura und kommen zu ihr. Du gewinnst. Sie lachen, und eine macht mit den Fingern das Siegeszeichen. Mit Abstand gewinnst du.

Der Dozent für Kamera dreht sich suchend um, hat Laura im Blick und sagt etwas zu Douglas. Auch der wendet den Kopf in ihre Richtung und nickt ihr freundlich zu. Laura versucht zu lächeln, aber sie spürt, daß ihre Lippen zu kurz sind. Sie zittern plötzlich.
Es geht los. Sie kennt jedes Bild. Sie hat den Film unzählbar oft gesehen. Er war noch nie so schlecht. Versinken, sich unsichtbar machen, auflösen. Sie wird das nicht bis zum Ende aushalten. Allen, die jetzt aufstehen, gibt sie recht. Sie selbst ist von einer Lähmung befallen.
Beifall, laut, der ganze Saal klatscht. Douglas auch. Eine der Frauen beugt sich zu Laura vor: Ja Wahnsinn, du. Überall Gesichter wie bei einem Geburtstagsfest. Jemand schlägt ihr auf die Schulter.
Sie spricht, ohne ihre eigenen Worte dabei zu hören. Sie schüttelt irgendeine Hand. Sie will nur raus aus der Reihe, durch die Menschen hindurch, weg, alleine sein. Sie muß es schaffen, sie darf jetzt nicht loslassen.
Laura erreicht den Flur im ersten Stock, und noch bevor sie den Schneideraum betreten kann, brechen die Tränen heraus. Eine Welle, die sie mit sich reißt, unaufhaltbar.
Fräulein. Eine Putzfrau steht vor ihr und sieht sie besorgt an.
Ich... ich, schluchzt Laura.
Na, na. Die Putzfrau legt beruhigend den Arm um sie.
Aus dieser Geste wird eine Boje im Meer. Laura klammert sich fest. Sie preßt das Gesicht an den geblümten Kittel und weint den Rest heraus.
Die Putzfrau nimmt es hin und streichelt rhythmisch Lauras Kopf: Aber, aber.
Es verebbt. Laura fühlt sich erleichtert und dankbar. Sie muß lachen. Meine ganze Wimperntusche, ich glaube, sie ist jetzt an Ihrem Kragen.
Die Putzfrau lacht auch. Macht doch nichts. Sie gibt Laura ein

Taschentuch und zieht sie vom Schneideraum weg, hinüber in die Teeküche.
Sie gießt ihr eine Tasse Kaffee ein und setzt sich ihr gegenüber an den kleinen Tisch.
Laura putzt sich die Nase. Wissen Sie, es ist ohne Grund. Mein Film ist gezeigt worden. Es war nur die Anspannung.
Die Putzfrau lächelt und nickt. Kenne ich. Als wir geheiratet haben, mein Mann und ich, beim Rauskommen aus der Kirche ist es mir genauso gegangen. Und die Blumenkinder haben mitgeheult. Ich sage Ihnen, das war was.
Sie steht auf und holt aus einer Lade des Küchenschranks einen aufstellbaren Spiegel: Sie müssen sich wieder ein bißchen zurechtmachen. Es soll ja nicht gleich jeder sehen, oder?
Laura kramt in ihrem Schminktäschchen: Man schämt sich irgendwie dafür. Eigentlich komisch. Beim Lachen denkt sich keiner was. Das ist erlaubt.
Nachdenklich kratzt die Putzfrau mit dem Fingernagel an einem Brandfleck auf der Kunststoffplatte des kleinen Tisches. Es fängt eben schon früh an. Als meine Mädchen noch klein waren, die eine muß drei gewesen sein, da sind sie vom Spielen nach Hause gekommen und haben mich gefragt: Mama, warum ist man dumm, wenn man weint? Ja, erklären habe ich ihnen das natürlich nicht können. Das ist halt so.
Laura sieht die Putzfrau an. Sie fühlt sich mit ihr verbunden und würde ihr gerne einen großen Wunsch erfüllen. Ein Häuschen mit Rosenstöcken am Eingang. Sie fährt mit ihr hin und sagt: Das gehört Ihnen, weil Sie so gütig zu mir waren.
Die Putzfrau räumt die Kaffeetasse in den Spülstein. Dann wollen wir beide mal wieder, ja?
Laura geht auf sie zu und umarmt sie. Danke für alles.
Sie verlassen zusammen die Teeküche.
Viel Glück, ruft die Putzfrau ihr noch nach.
Laura holt Mantel und Schal von der Garderobe. Die Halle ist

leer. Abends werden alle wieder da sein, um acht ist die Preisverleihung. Sie will jetzt nicht darüber nachdenken, sich nichts ausmalen, was später nur Maßstab ihrer Enttäuschung wird.
Draußen ist es grau und kalt. Wenn ich auf die Bühne müßte, denkt sie, während sie zur U-Bahn geht, was sage ich? Ein paar Sätze nur, aber nicht gestammelt. Ruhig tritt sie ans Mikrophon. Liebe Freunde, ich darf hier... Eine Rede sollte es nicht werden, eher knapp. Ich liebe euch alle. Das ist nur ein Zitat. Eigenständiger.
Beim Einsteigen in das Abteil verbietet sie sich diese Vorbereitungen. Sie setzt sich neben einen jungen Mann in einem militärisch-grünen Parka. Er liest in einem Buch und kaut dabei angestrengt an einem Bleistift. Für Laura haben Bleistifte viel mit Jan zu tun. Sie sind sein Handwerkszeug, er denkt damit. Seine Schreibmaschine kann er nur für schon fertige Texte benutzen. Auch die dunklen Linien von Tinte und Kugelschreiber legen ihm zu früh fest, was noch gar nicht geformt worden ist. Nur der zarte Bleistiftstrich behindert ihn nicht beim Schreiben und paßt sich in seiner Ungenauigkeit dem Vorgang des Entstehens an.
Der Zug hält, und Laura steigt aus. Auf der Rolltreppe fällt ihr ein, was sie sagen wird: Nein, ich liebe euch nicht alle. Aber ich danke allen. Vielleicht doch zu kurz, irgend etwas müßte noch folgen.
Schon wieder, denkt sie. Sie sollte das nicht tun. Niemand wird es ihr übelnehmen, wenn sie einfach nur sprachlos auf der Bühne steht. Wenn, falls. Es ist besser, sich vorzustellen, daß es jemand anderes sein wird.
Sie schließt die Wohnungstür auf und zieht als erstes ihre Stiefel aus. Jan kommt aus seinem Zimmer in den Flur.
Und? Erzähl mal. Er lächelt erwartungsvoll.
Puh, macht Laura. Ich habe geschwitzt, aber ich glaube, es hat ihnen gefallen.

Jan lacht. Komm, von Anfang an und Wort für Wort.
Bist du denn schon fertig? fragt sie.
Er nickt. Sicher. Ich will doch heute abend dabeisein.
Jan muß morgen ein Hörspiel im Sender abgeben. Die Redaktion wartet schon. Auftragsarbeit nennt er seine Hörspiele, mit einem abfälligen Klang in der Stimme. Er lebt davon. Für seinen Roman findet er keinen Verleger.
Sie geht mit ihm in die Küche. Er wärmt ihr das Essen auf. Außer Douglas sind das alles Dummköpfe, von denen bekommst du keinen Preis.
Laura spürt wieder eine Gereiztheit in sich aufsteigen. Sie versucht, gegen das Gefühl anzukämpfen. Dummköpfe? Meinst du wirklich?
Jan hört ihre Abwehr nicht heraus. Er glaubt, Begründungen geben zu müssen, und spricht noch einmal über seine eigenen Erfahrungen. Er hat die Hochschule vorzeitig verlassen.
Sie mag seine scharfen Verurteilungen nicht. Er bewertet damit auch, daß sie abschließt, was er als sinnlos beschreibt.
Es schmeckt gut, sagt sie, um ihn abzulenken.
Er wirft ihr einen schnellen Blick zu und schweigt. Er hat ihr Ziel erkannt, und sie fühlt sich schuldig.
Ich glaube, ich bin heute ein bißchen komisch, lenkt sie ein.
Klar. Er nimmt die kleine Espressomaschine aus dem Schrank und füllt sie. Du ruhst dich einfach aus. Bis wir los müssen, ist noch viel Zeit.
Laura sieht das weiche Lächeln um seinen Mund. Immer die gleichen Regeln. Früher süße und geheime Verabredung, aber heute verbraucht. Sie fühlt sich bedrängt. Ihr Körper verspannt sich. Rituale, wie in der Kirche, alte Bedeutungen, die gar nicht mehr gelten. Sie ist doch keine Opferlamm. Warum merkt er nicht, daß es schon Lüge geworden ist? Espresso, sie will das nicht.
Und deine Rückenschmerzen? fragt sie mit bemühter Fürsorg-

lichkeit und hofft sekundenlang, sie könnten ihn wirklich quälen. Wie gemein sie ist.
Er winkt ab. Schon vergessen.
Sie wagt nicht, mehr zu sagen. Sie will nichts zerstören. Die Verletzung wäre nicht mehr heilbar. Wenn wenigstens das Telefon klingeln würde. Eine Nachricht, über die ausführlich gesprochen werden müßte. Ein Verleger ruft an, er hat das Manuskript gelesen. Sie könnte sich mit ihm freuen, ganz auf seiner Seite sein, vertraut mit ihm zusammensitzen.
Der Espresso ist fertig. Er trägt das Tablett hinüber. Sie muß ihm folgen, sich auf das Fell und die Kissen am Boden legen.
Ich komme gleich, ruft sie und verschwindet im Badezimmer. Vielleicht hat ihre Stimme sie jetzt verraten. Es lag auch ohne ihr Zutun etwas Abwehrendes darin. Sie stellt sich sein Gesicht vor, wie es sich gerade verändert, weil die Botschaft ihn plötzlich erreicht. Das darf nicht sein.
Sie drückt eilig auf den Knopf der Toilettenspülung und geht noch mit dem Wasserrauschen hinaus. Erleichtert sieht sie, daß er ihr entgegenlächelt.
Sie bemüht sich, seine Zärtlichkeiten anzunehmen. Er kann nichts dafür, daß sie sich verändert hat. Sie darf ihm keinen Vorwurf machen. Er weist sie nur auf etwas hin, das sie nicht wahrhaben möchte. Er zwingt sie in eine Situation hinein, der sie ausweichen will. Insgeheim macht sie ihn aber verantwortlich dafür, daß er sie dazu bringt, sich als Betrügerin erleben zu müssen. Sie bestraft ihn mit zunehmender Ungeduld. Die Unterwerfung, die sie ihrem Körper in seinem Namen abverlangt, rächt sie an ganz anderer Stelle.
Er öffnet ihren Büstenhalter. Sie mag das nicht. Sie würde seine Hände gerne wegschieben, ihm auf die Finger schlagen. Faß mich nicht an, du. Aber sie fürchtet sich vor seinem Erschrekken, dem ruckartigen Aufsetzen und der Frage: Was ist? Ein Band wäre gerissen. Die Antwort gar nicht mehr nötig.

Sie muß sich Bilder machen, sonst fühlt er es. Leidenschaft hat Zeichen. Das Fehlen ist nachweisbar. Sie hastet durch die Galerie in ihrem Kopf, Leiber, ölglatt verschlungen, nichts wirkt. Douglas fällt ihr ein. Die Felsenbucht auf einer Insel. Sie gehen im warmen Wasser aufeinander zu. Um ihre nackten Hüften trägt Laura seinen gelben Schal. Sie schaudert, als er sie berührt. Komm, befiehlt er ihr. Aufseufzend sinkt sie mit ihm auf den Grund.

Jan küßt sie behutsam auf ihre geschlossenen Augen. Sie will ihn jetzt nicht ansehen, rollt zur Seite und verbirgt ihren Kopf unter seinem Arm.

Alles gut und schön? flüstert er.

Alles gut und schön, bestätigt sie leise. Es gibt Dinge, die geheim bleiben müssen.

Findest du, daß wir etwas von einem Ehepaar haben? fragt sie und greift nach dem Würfelzucker auf dem Tablett.

Ich hoffe eigentlich nicht, sagt er und verschränkt die Arme unter dem Kopf. Und du?

Ich weiß nicht. Sie zupft an seinem Ohr, verspielt. Was machst du zum Beispiel, wenn du mit einer anderen Frau schlafen willst?

Er lacht. Ich tue es, wenn es wichtig wird.

Gut. Sie nickt nachdenklich. Du sollst immer frei bleiben, das muß möglich sein bei uns. Ohne Fesseln. Ich hätte keine Angst davor. Ich wäre sogar froh darüber, in gewisser Weise jedenfalls. Es würde zeigen, daß wir uns das leisten können. Sie macht eine Pause. Wie wir bei Ruth waren und du mit ihr über Vietnam gesprochen hast, auf dem roten Sofa in der Ecke, da habe ich gedacht, du willst sie. Stimmt das?

Na, wollen ist zuviel, wehrt er ab. Sie hat was. Aber ich muß nicht über sie herfallen.

Du könntest es dir aber vorstellen, sagt sie leichthin und steht auf. Sie will nicht weiter bohren. Der Stachel ist gesetzt.

Beim Duschen arbeitet sie wieder an ihrem Bühnenauftritt. Als sie sich gerade abtrocknet und versucht, an der Preisverleihung vorbei über zukünftige Aufgaben nachzudenken, klingelt es an der Wohnungstür. Undeutlich hört sie Jans Stimme auf dem Flur. Er klopft und kommt ins Badezimmer.
Hier, für dich. Er hält ihr einen Blumenstrauß entgegen, winterlich verpackt in einer Fülle von Papier.
Für mich? Sie wickelt sich in ihr Handtuch und reißt das Briefchen auf. Von Moll, sagt sie gerührt, aus Lausanne. Ich streu Dir Blumen auf deinen Weg. Ach, das ist schön. Ich habe ihm nur ganz nebenbei davon erzählt. Daß er sich das gemerkt hat.
Er liebt dich eben. Jan nimmt die Blumen und geht damit hinaus.
Ja, das tut er wirklich, ruft sie ihm froh hinterher. Sie sieht Moll vor sich. Seine Haare werden schon dünn. Er macht häufig Scherze darüber, kämmt sie aber doch in sorgfältigen Bahnen von den Rändern über die kahlere Mitte.
Ich stelle sie ihr in die Teeküche, beschließt Laura, während sie sich anzieht, mit einem Zettel dazu: Warum ist man dumm, wenn man weint? Dann weiß sie gleich, von wem sie sind.
Moll wäre das recht, sagt sie zu Jan, als sie aus der Wohnung gehen. Sie öffnet die Fahrstuhltür. Zigarrengeruch hängt in der Kabine. Der Rentner über ihnen wird gerade gefahren sein.
Du wirst Moll jetzt kaum fragen können. Jan faßt nach ihrem Halstuch. Darf ich mal. Du bindest es dir immer zu fest.
Die Scheiben des Autos sind vereist, und der Motor springt erst nach mehrmaligen Versuchen an. Fröstelnd sitzt Laura auf dem Beifahrersitz, den Strauß zwischen den Knien. Sie spürt die unruhige Erwartung wieder in sich aufsteigen.
Irgendwann mache ich den Führerschein. Sie will etwas Alltägliches sagen.
Wir haben noch viel Zeit. Jan sucht an der Hochschule nach einem Parkplatz. Es ist erst halb acht.

Sie betreten die Halle. Schon überall Gruppen, festlich laut. Laura sieht Ruth mit Douglas sprechen. Schau mal, stößt sie Jan an und hängt ihren Mantel auf einen Bügel. Sie lächelt Jan auffordernd zu: Bis gleich. Ich bringe nur die Blumen nach oben.
Auf dem Weg zur Treppe glaubt sie aus den Augenwinkeln zu erkennen, daß Douglas ihr zuwinkt. Sie tut, als bemerke sie ihn nicht und geht mit bewußt entschlossenen Schritten weiter. Sie fühlt im Rücken seinen Blick.
In der Teeküche sucht sie nach einer Vase. Sie findet nur einen Putzeimer, füllt ihn mit Wasser, stellt die Blumen hinein und legt den Zettel daneben.
Hallo. Douglas steht in der Tür. Er spielt an den Fransen seines gelben Schals. Erstens: Sie bekommen keinen Preis. Ich konnte mich nicht durchsetzen. Und zweitens: Ich würde mich freuen, wenn Sie morgen früh um zehn in mein Büro kommen.
Laura starrt ihn an. Oh, sagt sie verwirrt.
Er zieht eine Visitenkarte aus seiner Tasche und legt sie auf den kleinen Tisch, neben den Brandfleck: Meine Adresse.
Laura ist immer noch versteinert.
Douglas greift aus dem Eimer eine Margerite und reicht sie Laura mit einer gespielten Verbeugung: Ich möchte Ihnen eine Stelle in meinem Verleih anbieten.
Er geht aus der Teeküche: Also dann, bis morgen.

Koffertransportkarre
zur Selbstbedienung

Auch unter dem Gesichtspunkt einer psychischen Rehabilitation. Henk ordnet die Seiten seines Manuskripts, um deutlich zu machen, daß sein Vortrag beendet ist.
Sie klopfen. Aus diesem Geräusch ist nichts zu entnehmen. Er weiß, daß sie immer klopfen, in gleicher Stärke und Dauer. Es ist eine steinerne Höflichkeit. Sie erweisen sie jedem, unabhängig von ihrer Bewertung. Er ist überzeugt, daß diese Form selbst dann eingehalten würde, wenn er ihnen vierzig Minuten lang einfach nur seinen Rücken gezeigt hätte.
Nun, beginnt Bonselt und lehnt sich mit verschränkten Armen gegen seine Stuhllehne. Wir danken Ihnen für diesen interessanten Forschungsbericht. Er lächelt Henk zu. Es wird sicher den Wunsch nach einem fachlichen Diskurs geben. Auffordernd blickt er in die Runde.
Henk kann vorhersagen, wer die erste Frage stellt und in welcher Reihenfolge sich die anderen anschließen. Er kennt Küschners väterlich dozierenden Ton und den ironischen seines Assistenten. Küschner braucht er nur zuzuhören und verständnisvoll zu nicken. Der will selbst reden, weit ausholend und blumig. Er gefällt sich in Anekdoten über die Institutsgeschichte. Sie geben ihm Gelegenheit, seine vertraulichen Beziehungen zu wissenschaftlichen Größen auszustellen: Mich erinnert das an den Untersuchungsbericht, den ich damals mit Hans Tritter zusammen vorgelegt habe.
Mit Küschners Assistent ist zu rechnen. Er verbindet compu-

terartig abrufbare Kenntnisse mit einer eleganten Boshaftigkeit, glatteisig. Wahrscheinlich ist Wissen für ihn eine Form der Leidenschaft. Er sitzt nachts mit geradem Rücken an seinem Schreibtisch und füttert sein gieriges Gehirn. Ein triebhafter Drang nach Überlegenheit läßt ihn nicht schlafen. Jedenfalls stellt Henk ihn sich gerne so vor. Er verkleinert ihn damit gezielt.

Ihre Ergebnisse stehen in einem reizvollen Widerspruch zu den Arbeiten von Cohn und Howard. Der Assistent bläst nachlässig ein Stäubchen von seinem Jackettärmel. Darf ich fragen, wie Sie sich diese kleine Paradoxie erklären?

Er ist mein Feind, denkt Henk und versucht, sich in seiner Antwort nicht auf diese Art der spitzen Witzigkeit einzulassen.

Der Assistent stößt mehrmals nach. Bonselt, der das Gefecht offenbar eher belustigt verfolgt, bricht es schließlich ab: Wir können mit Vergnügen feststellen, daß sich auch unter den Zuhörern hervorragende Experten befinden.

Der Assistent schweigt verdrossen und wendet sich wieder seinem Jackettärmel zu. Bonselt hat ihn abgewiesen, und Küschner ist für ihn nicht eingetreten. Die Regeln sind allen im Raum klar. Er hat verloren.

Seine Niederlage macht das Feld für die anderen frei. Es folgen Fragen von denen, die bisher nur mitgeschrieben haben. Henk versteht ihre Ängstlichkeit. Es liegt eine zerstörerische Kraft in Zitaten und Belegen, die man selbst nicht kennt. Das eigene Denken wird davon erdrückt. Man geht nach Hause mit dem unangenehmen Gefühl, nicht mithalten zu können. Eliott würde sagen: Schlag dem die Tür vor der Nase zu, der immer besser reden wird als du. Und dann mach alleine weiter.

Haben Sie noch einen Moment Zeit? fragt Bonselt Henk leise.

Gerne. Henk nickt und packt sein Manuskript in die Tasche.

Der kleine Hörsaal leert sich. Bonselt geht zu Küschner und verabschiedet sich von ihm.

Henk tritt ans Fenster und öffnet es. Die Luft ist weich, und es riecht nach Frühling.
Verzeihen Sie. Die Bibliothekarin rückt verlegen an ihrer schweren Brille. Ich verstehe natürlich wenig von Verbrennungen. Aber ich wollte Ihnen sagen, wie sehr ich gespürt habe, daß Sie diese Kinder lieben. Sie lächelt zaghaft. Und das finde ich schön, weil es menschlich ist. Ruckartig wendet sie sich um und verläßt eilig den Raum, als wollte sie fliehen.
Einen Augenblick lang hat Henk den Wunsch, ihr nachzulaufen, um ihr zu danken, um ihr Sicherheit zu geben: Sie haben an diesem Vormittag das wirklich Wichtige gesagt. Glauben Sie an sich, an das Besondere und einmalige Ich, das Sie sind.
Wir gehen am besten in mein Büro, sagt Bonselt, und Henk folgt ihm.
Die Sekretärin unterbricht ihre Fingertätigkeit an der Schreibmaschine und nimmt den Knopf des Abhörgeräts aus ihrem Ohr: Ihre Tochter hat angerufen. Sie holt Sie ab und wartet unten, um Viertel vor eins. Das Gesicht der Sekretärin leuchtet wie bei einer Verkündigung.
Ach. Bonselt ist erfreut. Er sieht auf seine Armbanduhr. Gut. Als würde ihn gerade eine Vision des Weltuntergangs erreichen, schlägt er sich plötzlich an die Stirn. Nein. Ich bin doch um ein Uhr schon mit Behringer zum Essen verabredet.
Die Sekretärin lächelt siegesbewußt. Ich habe mir erlaubt, Doktor Behringer wegen dringender privater Termine auf morgen zu verlegen.
Sie sind einfach ein Engel. Bonselt gibt ihr offenbar genau die Belohnung, die sie erwartet hat, denn sie wendet sich zufrieden wieder ihrer Arbeit zu.
Henk fühlt sich unbehaglich. Es kommt ihm vor, als sei er versehentlich Zeuge einer intimen Situation geworden. Im Haus sind immer wieder Anspielungen auf Bonselts Verhältnis zu seiner Tochter gemacht worden. Wenn du etwas von ihm willst, frage

ihn am besten erst nach ihr. Jeder hat seine Schwäche. Henk hat sie im ersten Semester auf dem Sommerfest gesehen, ein Kind mit sanften Bewegungen und einem hellblauen Band in den Haaren. Sie soll irgend etwas mit Musik studieren, in Salzburg.
Bonselt zündet sich eine Zigarette an. Sehr vernünftig, daß Sie nicht rauchen, sagt er. Henk sitzt ihm gegenüber auf der braunen Ledercouch.
Nun. Bonselt stößt den Rauch in die Luft. Sie wissen, daß Küschner emeritiert. Das Ministerium hat die Neuausschreibung der Stelle genehmigt. Nächste Woche erscheint sie. Er beugt sich zu Henk vor. Ich bin Vorsitzender der Berufungskommission, und ich möchte, daß Sie sich bewerben.
Henk durchläuft eine Welle. Sein Herz pocht. Bonselt kann ihn durchsetzen, Küschner ist viel zu schwach. Mit aufrichtigem Neid. Der Mund des Assistenten ist verzerrt vor Wut. Henk nickt: Das werde ich tun.
Und nun erzählen Sie noch ein bißchen von New York. Wie lebt es sich dort? Bonselt sieht auf die gestaltete Uhr an der Wand, Glas und Silber, schlägt die Beine übereinander und lehnt sich zurück. Wir haben noch ein paar Minuten Zeit.
Henk fühlt sich, als hätte er zu viel Kaffee getrunken. Eliott lacht ihn an und schlägt ihm auf die Schulter. Fiz macht eine grämliche Bemerkung über das Beamtentum. Die Mutter strahlt.
New York hat etwas mit Wahrheit zu tun, sagt er. Es ist eine wahrhaftige Stadt, ganz dialektisch. Wo reich ist, ist immer auch arm, gleichzeitig. Am Anfang ist es erschreckend. Ordnungsvorstellungen von Gut und Böse lösen sich auf. Das Denken in klar getrennten Gegensatzpaaren bricht zusammen. Man ist gezwungen, das Leben als eine verkoppelte Einheit aller Teile zu begreifen, als Ganzes. Und das ist ebenso schwer zu ertragen wie der Anblick des Hauptes der Medusa.
Henk möchte glänzend sein. Er will Bonselt überraschen. Eliotts Bedeutung in New York verschweigt er. Sie kommt ihm störend

vor. Es ist verletzend, einem Förderer von der weitreichenden Wirkung eines anderen Förderers zu berichten. Jeder kann nur einen Mentor haben.
Tue die Dinge, die du tun willst, aber fange gleich damit an. Und diese Erfahrung hat mich verändert, schließt Henk. Er hat Eliott nicht als eine Person, sondern als ein Prinzip dargestellt. Ein bißchen fühlt er sich als Verräter.
Er verläßt zusammen mit Bonselt das Büro und fährt mit ihm hinunter in die Halle.
Meine Tocher Annabell, stellt Bonselt vor, als würde er Henk damit ein Geschenk machen wollen.
Annabell starrt Henk an. Auch während sie den Vater umarmt, wendet sie die Augen nicht von Henk ab. Er hat das unangenehme Gefühl, daß sie ihn verwechselt.
Nach langem Aufenthalt in Amerika, erläutert Bonselt, hat er mir gerade einen außergewöhnlichen Reisebericht gegeben. Er streicht der Tochter liebevoll eine Haarsträhne aus der Stirn. Hast du schon ein Restaurant für uns ausgesucht, mein Kind?
Papachen, ich möchte auch so gerne von Amerika hören. Annabell spricht schnell und drängend, wie um etwas aufzuhalten. Sie faßt nach Henks Arm: Kommen Sie doch mit, bitte. Sie sagt es fast flehentlich.
Bonselt ist sichtlich verwirrt. Nun, aber, setzt er an. Sie unterbricht ihn. Du würdest mir eine große Freunde damit machen, Papachen, wenn du einverstanden wärst?
Was soll das? denkt Henk. Was will sie denn? Ihm ist dieser Auftritt peinlich. Auch wenn er der Anlaß dazu war, er weiß nicht, wie er ihn verschuldet hat. Höflich schüttelt er den Kopf: Sehr nett, auch wenn das Angebot sicher nicht im Sinne Ihres Vaters wäre. Und was mich angeht, leider, ich habe Termine.
Wie streng Sie sind, sagt Annabell, und ihre Stimme ist dunkel vor Enttäuschung. Nicht im Sinne meines Vaters, vielleicht. Aber es wäre ganz in meinem Sinne gewesen.

Hören Sie. Bonselt greift entschlossen ein. Mir ist es durchaus angenehm, wenn Sie mit uns essen. Ich würde es sogar sehr begrüßen. Mit plötzlicher Vertraulichkeit fügt er hinzu: Und Ihre Termine, die sagen Sie einfach ab. Meinen mit Behringer habe ich auch verschoben. Das tun Sie doch für uns, oder?
Henk lächelt gezwungen und nickt. Natürlich.
Annabell küßt den Vater. Danke, Papachen, dir gehorcht er eben besser als mir. Vergnügt nimmt sie seine Hand und zieht ihn mit sich zum Ausgang.
Henk geht ihnen steifbeinig hinterher. Er fühlt sich vergewaltigt. Ohnmächtig muß er sich einem launischen Einfall fügen. Sie macht ihren Vater lächerlich und ihn auch. Spielt beide gegeneinander aus. Was mischt sie sich ein? Er will ihr gar nichts erzählen. Sie nimmt ihm seine Freiheit und zieht ihm einen Ring durch die Nase. Er ist ihr Tanzbär.
Schon während Bonselt den Wein bestellt, legt sich Henks kalte Wut. Annabell stellt ihm ernsthafte Fragen und hört aufmerksam zu. Sie ist unbefangen, und die Innigkeit, die sie ihrem Vater gegenüber zeigt, wirkt auf Henk nicht mehr verlogen. Sie ist eigentlich immer noch ein Kind, denkt er versöhnlich. Er sollte nicht übertreiben. Seine Beziehung zu Bonselt wird durch ein gemeinsames Essen bestimmt nicht verfälscht werden.
Ein Bahnhof? Annabell lacht.
Viele Literaten konnten nur in einem bestimmten Café schreiben, sagt Bonselt, warum sollte der Lieblingsplatz eines Mediziners, der nachdenken will, nicht Pennsylvania Station sein?
Oh, doch. Ich lache auch nur, weil es eine schöne Vorstellung ist. Annabell blickt versonnen zu Henk hinüber. Ich sehe Sie dort sitzen, die Menschen eilen vorbei, viele Füße auf dem hellbraunen, spiegelnden Marmorboden. Genau wie Sie es beschrieben haben.
Du bist sehr einfühlsam. Bonselt lächelt sie stolz an. Er ruft nach dem Ober. Zahlen, bitte. Die Asche seiner Zigarette abstrei-

fend sagt er zu Henk: Wir haben Sie ausgefragt, jetzt dürfen wir Sie wenigstens einladen.
Ist Ihre Frau eigentlich mitgereist? fragt Annabell und legt dabei ihre Serviette zusammen.
Er ist nicht verheiratet, Kind. Bonselt holt seine Geldbörse aus der Tasche.
Freundin dann eben, sagt Annabell gleichgültig. Ich meine, es wäre doch sonst ein zu starker Einschnitt gewesen.
Henk fallen plötzlich andere weibliche Stimmen ein, die ähnliches wissen wollten. Prüfend sieht er Annabell an. Freundin auch nicht, sagt er. In ihrem Gesicht verändert sich nichts. Ihre Hände liegen weiterhin ruhig auf der Tischdecke. Es wird bei ihr wohl nichts bedeuten, denkt er. Im Grunde ist es auch eine berechtigte Überlegung.
Der Ober bringt Bonselt den Zahlungsbeleg, und sie stehen auf. Verspielt droht Annabell Henk mit dem Finger. Und Ihre Termine? Sie haben gar nicht telefonieren müssen.
Nein, mußte ich nicht. Es waren Besichtigungstermine. Ich suche eine Wohnung. Henk nimmt seinen leichten Mantel über den Arm und greift nach der Tasche.
Annabells Augen sind voller Mitgefühl. Ich würde Ihnen gerne dabei helfen. Aber ich muß morgen nach Salzburg zurück. Sie hängt sich bei ihrem Vater ein. Ich komme erst Ende Juli wieder.
Henk spürt eine Erleichterung. Der Rest seines Mißtrauens löst sich auf. Ihre reizende Tochter, sagt er beim Abschied zu Bonselt.
Während er in den Bus steigt, ärgert er sich darüber. Es wäre nicht nötig gewesen. Speichellecker ernähren sich einfach ungesund, hört er Eliott lachend sagen.
Er schließt die Gartenpforte auf und geht über den Weg aus den fast weißen Fliesen aufs Haus zu. Der Gärtner war schon da und hat das Rundbeet neu bepflanzt.

Henk bleibt stehen. Er fühlt sich müde. Wie nach einem langen Tag in der Jong-Klinik. Wenn die Haushälterin nicht wäre, könnte er sich hinten auf der Bank in die Sonne legen und etwas dösen. Warm genug ist es. Sie kann ihn aber aus der Küche sehen. Ihren strafenden Blicken will er sich nicht aussetzen. Sie mißbilligt, daß er hier wohnt, auch wenn es nur vorübergehend ist. Schon als er noch ein Kind war, hat sie ihn nicht leiden können. Raimund hat gelacht: Sie ist nur eifersüchtig. Auf jeden, der in meine Nähe kommt, ist sie eifersüchtig, meinen Vater ausgenommen. Besonders beruhigend fand Henk die Vorstellung nicht.
Er öffnet die Haustür. Sie wischt gerade die Flurgarderobe mit einem Staubtuch ab. Guten Tag, sagt Henk betont munter.
Mürrisch und ohne sich nach ihm umzuwenden fragt sie: Wollen Sie essen?
Danke. Nein. Er steigt die Treppe hinauf und weiß dabei, daß sie ihm nachsieht. Einen Moment lang überlegt er, ob er ein Gespräch mit ihr versuchen sollte. Was stört Sie eigentlich an mir? Putze ich mir die Schuhe nicht ordentlich ab, oder glauben Sie, daß ich Raimund zum Haschischrauchen verführen will? Es bringt nichts. Seit er vor zwei Wochen seine Koffer ins Haus getragen hat, belauert sie ihn. Ihm wäre wohler, wenn er seine Wohnung vor der Abreise nach New York nicht hätte kündigen müssen. Aber eine Untervermietung wollte der Hausbesitzer nicht, und über eine so lange Zeit hinweg einfach zu zahlen, wäre auch verrückt gewesen.
Henk setzt sich an den Tisch, nimmt die Zeitung und schlägt die Seite mit den Wohnungsanzeigen auf. Den Termin in der Albertstraße und den am Kreuzplatz hat er versäumt. Jetzt ist es vier. Raimund und sein Vater kommen erst gegen halb acht aus der Firma. Er könnte sich noch etwas ansehen fahren.
Er telefoniert mit zwei Maklern und drei Privatleuten. Bei dem Appartement am Bahnhof hat er Erfolg.

Es kommen aber leider schon ziemlich viele. Die Stimme der Frau klingt angenehm.
Als Henk durch den Garten geht, dreht er sich schnell um. Natürlich, sie hat hinter der Gardine gestanden. Er hat sie ertappt.
Wenn Haushälterinnen etwas von Magie verstünden, würde er jetzt wahrscheinlich tot zusammenbrechen.
Die Straße am Bahnhof gefällt ihm. Zum Institut könnte er sogar laufen. Vor allem seine Bücher würde er gerne wieder um sich haben. Sie stehen jetzt bei der Mutter im Keller.
Henk fährt mit dem Fahrstuhl in den fünften Stock. Die Wohnungstür ist offen. Sehen Sie sich in Ruhe um, sagt die Frau.
Am Fenster des leeren und lichten Raums steht Laura und blickt in den Hof hinunter. Henk fühlt sich von ihrem Rücken angezogen. Wie zufällig tritt er neben sie, um ihr Gesicht sehen zu können.
Ganz hübsch, oder? Laura meint die Bäume im Hof.
Nicht hübsch. Schön, sagt Henk sehr langsam und starrt sie an.
Erst jetzt treffen sich ihre Blicke. Laura erschrickt fast. Henk hat das starke Verlangen, seine Hand auszustrecken und ihren Hals zu berühren. Sie schweigen ein paar Sekunden. Unvermittelt stößt Laura sich vom Fensterbrett ab.
Ich muß jetzt gehen.
Henk wagt nicht, sie aufzuhalten. Er begleitet sie zur Tür. Wann darf ich Sie wiedersehen? fragt er. Ein Schuljunge, der hofft, daß er nichts Falsches sagt.
Sie zögert. Welche Seite siegt? Sie holt Luft und sagt schnell: Morgen abend um sieben im Sort. Mit dem Ausatmen auf dem letzten Wort ist sie auch schon aus der Wohnung.
Henk bleibt bewegungslos zurück.
Wenn Sie sich entschieden haben, können Sie sich in die Liste eintragen. Die Frau hält Henk ein Heft hin. Wir rufen Sie dann an.

Henk nimmt das Heft und liest die Namen, ihrer müßte der letzte sein. Nein. Ein Mann, Kurt Faderer, Adresse, Telefon, Beruf, Einkommen, davor auch zwei Männer. Nichts. Er schreibt sich dazu und geht.
Ziellos und mit einem Hochgefühl schlendert er durch die Bahnhofsgegend. Er betrachtet die Auslagen der Geschäfte, ohne sie wirklich wahrzunehmen. An jeder Ecke erwartet er, ihr zu begegnen. Er glaubt zu spüren, daß sie ihn beobachtet. Der Rhythmus seiner Schritte und sein Stehenbleiben ist für sie gedacht.
Die hereinbrechende Nacht ist noch sehr kalt, und er friert unter seinem leichten Mantel. Trotzdem fährt er nicht mit dem Bus. Es ist ihm auch gleichgültig, daß er zu spät zum Abendessen kommen wird. Die Haushälterin hat sein Gedeck schon abgeräumt und wird es mit herabgezogenen Mundwinkeln wieder hereintragen. Endlich gebe ich ihr einen Grund, denkt er belustigt.
Die Gartenlampen beleuchten die weißen Fliesen und heben sie aus der Dunkelheit hervor wie einen theaterhaften Laufsteg. Als hätte sie auf seinen Auftritt gelauert, reißt die Haushälterin die Tür auf, bevor Henk sie öffnen kann.
Es ist etwas passiert. In ihren Augen liegt Anteilnahme.
Henk hört Raimund telefonieren: Es ist mir egal, was es kostet. Dann buchen Sie eben die erste Klasse in der Acht-Uhr-Maschine. Er buchstabiert Henks Namen und legt auf.
Eliott. Raimund hat ein ernstes Gesicht. Ein schwerer Unfall. Jemand von der Klinik hat angerufen, Doktor Lü oder Lüs, ich habe es nicht verstanden. Er meinte, du sollst kommen. Eliott wird es wohl nicht schaffen. Du mußt morgen früh um sieben am Flughafen sein. Im Institut sage ich Bescheid.
Die Haushälterin legt ihre Hand auf Henks Arm. Ich helfe Ihnen beim Zusammenpacken. Und wenn Sie wollen, mache ich Ihnen einen Grog, damit Sie wenigstens ein paar Stunden schlafen können.

Raimunds Vater kommt aus seinem Arbeitszimmer. Hier, sagt er in seiner unbeholfenen Art und legt Dollarscheine auf den Tisch. Wenn Sie abfliegen, ist die Bank noch zu. Für das Taxi zum Krankenhaus. Damit Sie keine Zeit verlieren.
Henk setzt sich auf den nächstbesten Stuhl. Er sieht hilfesuchend Raimund an: Ich habe eine Verabredung. Mit einer Frau. Du mußt für mich hingehen. Ich weiß nicht, wie sie heißt. Bitte, ja?
So wichtig? fragt Raimund, und sein Lächeln ist traurig.
Ja. Henk nickt.

Melodramatisch, denkt Laura. Sie drückt auf den Knopf des Abspielgeräts und läßt die Kassette auf den Anfang zurücklaufen. Gut gemacht. Die Amerikaner verstehen etwas davon. Allerdings muß über die Verleihgarantie verhandelt werden.
Sie setzt sich an ihren Schreibtisch. Morgen früh will Douglas ihr Urteil hören. Also, wird sie beginnen und eine Pause machen. Douglas wird lächeln. Es ist ein kleines Spiel zwischen ihnen, und beide achten darauf, daß es sich immer wiederholt.
Unter dem Lichtkegel der Lampe macht Laura sich Notizen. Sie kennt die Frage, die Douglas stellen wird: Warum sollte ich mir eine Kinokarte kaufen?
Der Reiz liegt im Eintreffen von Erwartungen, schreibt sie. Schon in den ersten Filmminuten ahnt der Zuschauer, wie es ausgeht. Die Exposition der Figuren verspricht ihm ein glückliches Ende. Er wünscht es sich. Kindliche Sehnsüchte, die schon aufgegeben worden sind, werden erfüllt: Es geht doch so, wie man es will. Überraschend ist dabei der Weg dorthin.
Laura hält inne. Soll sie morgen abend wirklich hingehen? Was für ein Auftritt, am Fenster einer leeren Wohnung. Wahrscheinlich ist er ein langweiliger Mensch. Und selbst wenn nicht, es kann nur enttäuschend werden. Diese Ebene ist nicht zu halten. Die Spannung muß zusammenfallen. Darf ich Ihnen den Mantel abnehmen. Was halten Sie von einem Gläschen Sekt, oder trinken Sie lieber einen Wein? Nein, sie wird zu Hause bleiben.
Sie fängt an, unter ihre Stichworte Kreise auf das Papier zu ma-

len. Vielleicht versucht er das jeden Tag, und sie hat es nur nicht durchschaut. Man macht sich schnell lächerlich, wenn es um die Bedeutung der eigenen Person geht. Wer ist nicht bereit, daran zu glauben, daß er andere zum Beben oder zur Erstarrung bringen kann. Wirkungsphantasien. Sie seufzt, dreht die Lampe etwas zur Seite und sieht durch das Fenster auf die Häuser gegenüber. Die meisten Büros sind schon dunkel.

Doch, denkt sie, es war die Wahrheit. Sie hat seine Überraschung gesehen. Ihr es es genauso gegangen. Verrückte Augenblicke. Dabei könnte sie gar nicht mehr sagen, wie er eigentlich ausgesehen hat. Aus einem Gruppenfoto würde sie sein Gesicht nicht herausfinden. Aber sie ist sicher, daß sie seine Gegenwart sofort spüren könnte. Wenn jetzt hinter ihr die Tür geöffnet würde, sie wüßte, ohne sich umzuwenden, ob er es ist.

Laura steht auf, nimmt die Kassette aus dem Gerät und schaltet es ab. Die Begegnung soll nicht verändert werden, beschließt sie. Nie könnte diese vorweggenommene Nähe eingeholt werden. Es bleibt einfach wie es war. Kein Treffen im Sort.

Sie verläßt das Büro. Was tut er gerade in diesem Moment? Er steht in einer Küche und schält Kartoffeln, er lehnt an einer Theke und sieht auf den Schaum in seinem Bierglas. Was immer auch. Laura beruhigt die Vorstellung, daß er jedenfalls in der gleichen Sekunde lebt wie sie selbst.

Fröstelnd wartet sie an der Fußgängerampel auf den Farbwechsel. Die Autos fahren geschwaderartig vorbei. Es riecht nach verbrannten Gasen. Die Frau neben ihr hält ein Kind an der Hand, als wäre ihr Arm eine Leine. Unermüdlich laufen Lichtketten über Werbeschilder. Laura hat plötzlich den Wunsch, sich ein Taxi zu nehmen. Sie will heraustreten aus der Versammlung, die auf das Signal der Ampel blickt, als würde von dort der Startschuß für einen Wettlauf erfolgen. Sie will nicht dazugehören, wenigstens nicht jetzt. Wenn sie sich in das alltägliche Straßenbild einpaßt, wird etwas von ihr verlorengehen.

Laura hält sich ein Taxi an und steigt mit einem angenehmen Gefühl ein. Obwohl die Frau mit dem Kind schon längst weitergegangen ist, handelt Laura vor allem für sie und will ihr ein Zeichen setzen. Neidvoll soll die Frau zu Hause an sie denken, während sie ihr Kind in einer Plastikbadewanne wäscht, absichtlich grob.
Hier, sagt Laura zum Taxifahrer, und er bremst vor ihrem Haus. Sie zahlt und läßt sich eine Quittung geben.
Schönen Abend noch.
Seine Stimme ist unbeteiligt, und er sieht Laura nicht an. Er hätte auch sagen können: Und ein Viertel Braunschweiger.
Im Fahrstuhl hängt wieder der Zigarrenrauch des Rentners. Vor zwei Monaten ist seine Frau gestorben, aber an seinen Gewohnheiten hat sich nichts verändert. Mit behäbiger Ruhe erledigt er seine Einkäufe. Befangen hat Laura versucht, ihm eine Art von Mitgefühl auszudrücken. Sie fürchtete sich vor seinen Tränen. Er hat nur genickt. Es ist nun einmal so.
Laura steckt den Schlüssel ins Türschloß. Wenn sie eine Wohnung gefunden hat und mit Jan ihre Sachen herunterträgt, wird der Rentner nichts fragen. Nur ein kurzes Grüßen, das undeutlich herauskommt, weil er seinen Stumpen zwischen den Zähnen hält. Ihn kann nichts erreichen, und gerade diesen Gleichmut findet sie erschlagend.
Sie macht sich am Küchentisch einen Salat und trinkt ein Mineralwasser. Ihr ist es ganz recht, daß Jan nicht da ist. Er ist heute morgen losgefahren und wird erst übermorgen gegen Mittag zurückkommen. Zwei Lesungen, jede für dreihundert Mark. Sie sieht auf die Uhr neben der Kaffeemaschine. Jetzt ist es nach neun. Um sieben hat er angefangen. Er müßte bald im Hotel sein.
Bei seiner ersten Lesung war sie dabei und aufgeregter als er selbst. Das Publikum hatte etwas Anrührendes. Eine Mischung aus geschiedenen Lehrerinnen und gebrechlichen Damen aus ei-

nem Stift, um das Geistige bemüht, voller Achtung davor. Sie hatten seinen Roman gekauft und ließen sich von ihm seinen Namen hineinschreiben. Jan trägt nicht gut vor. Man spürt, daß er sich gegen etwas wehrt. Seine Eintönigkeit entspringt einer Angst. Er will nicht der Laienschauspieler seiner Texte sein.
Laura wirft eine angefaulte Tomate in den Abfalleimer. Wenn Jan hier wäre, müßte sie ihm von dieser Geschichte erzählen. Er würde sie ansehen, lächelnd und zweifelnd, die Augenbrauen ein wenig hochgezogen: Na, weißt du. Alles, was ihm übertrieben erscheint, macht ihn mißtrauisch. Sie hätte das Gefühl, sich rechtfertigen zu müssen. Es würde ihr überhaupt schwerfallen, mit ihm über einen anderen Mann zu sprechen. Sie hat noch immer Hürden in sich, die sie nicht zu überspringen wagt. Sie kann das kaum erklären. Jan hat Affären, und sie käme nicht darauf, darin einen Betrug zu sehen. Aber sie selbst empfindet sich schon als schuldig, wenn sie die Werbungen von Douglas zuläßt. Eigentlich wie eine Nonne, denkt sie.
Es klingelt, und Laura geht etwas überrascht an die Wohnungstür.
Entschuldigen Sie, daß ich so spät noch störe. Die Nachbarin zieht nervös an ihrer Zigarette und spricht leise, als könnte sie ertappt werden. Darf ich für eine Minute hereinkommen? Sie drängt sich in den Flur und zieht die Tür hinter sich zu.
Ja? Laura legt Abstand in ihre Stimme.
Es ist wegen Herrn Raschkow. Sie wissen schon. Suchend sieht sich die Nachbarin nach einem Aschenbecher um.
Moment. Laura nimmt eine kleine Metallschale vom Bord, in der drei Glaskugeln liegen, legt die Kugeln auf die Truhe und reicht der Nachbarin die Schale. Die Geste soll ausdrücken, daß sie nicht vor hat, die Nachbarin ins Wohnzimmer zu bringen.
Der arme Herr Raschkow. Wir denken alle, daß man etwas tun muß. Es geht ja so nicht weiter mit ihm. Die Nachbarin schüttelt traurig den Kopf und streift die Asche ihrer Zigarette ab. Jetzt

haben wir uns gedacht, daß jeder im Haus sich ein bißchen um ihn kümmern könnte, abwechselnd, verstehen Sie? Fragend sieht sie Laura an. Würden Sie auch mitmachen? Mal zu ihm raufgehen, daß er nicht so schrecklich einsam ist. Der Mann tut sich sonst noch was an.
Herr Raschkow? Laura ist verwirrt. Ja, meinen Sie wirklich?
Die Nachbarin nickt, und ihre Mundwinkel zucken. Er hat seine Frau doch so geliebt. Sie drückt ihre Zigarette in der Metallschale aus und kämpft dabei mit den Tränen. Fünfzig Jahre verheiratet und innig wie am ersten Tag. Jetzt ist er eben am Ende, der Herr Raschkow.
Ja, natürlich, sagt Laura. Ich mache schon mit. Nur spricht er eigentlich kaum mit mir.
Die Nachbarin lächelt. Nein. Das war noch nie seine starke Seite. Aber er spielt gerne Karten. Sie stellt die Metallschale zurück aufs Bord. Danke. Sie nickt Laura erleichtert zu und geht.
Habe ich ihm die ganze Zeit über unrecht getan? denkt Laura, während sie in der Küche die Salatschüssel abwäscht. Die Nachbarn werden sich doch nicht irren. Sie sieht den Rentner im Fahrstuhl stehen und vor sich hinstarren. Sein dumpfes Leiden rührt sie. Sie nimmt sich vor, ihm anders zu begegnen. Karten will sie nicht mit ihm spielen. Das sollen die machen, die ihm näher sind. Aber sie könnte ihm eine Einladung zu dem MGM-Film schenken, der im nächsten Monat Premiere hat. Herr Raschkow, weil ich Sie gerade treffe, hätten Sie Lust, ins Kino zu gehen? Ihr macht die Vorstellung etwas Mühe, aber sie wird es versuchen.
Sie öffnet das Küchenfenster. Am Fensterbrett stehend, fällt ihr das Sort ein. Warum sollte sie nicht hingehen? Es war doch etwas ganz Besonderes. Sie kann sich an ein vergleichbares Gefühl nicht erinnern. Moll würde sagen: Einer Spur mußt du folgen. Vielleicht hat sie einfach Angst. Nicht vor der Enttäuschung, sondern eben gerade davor, daß es keine wäre.

Das Telefon läutet. Mit einer entschlossenen Bewegung klappt Laura das Fenster zu, geht hinüber in Jans Zimmer und hebt den Hörer ab.
Du, sagt Karo, mit deiner Wohnung, ich habe mir was überlegt. Sie unterbricht sich: Du hast doch noch keine, oder? Ihre Stimme klingt vergnügt.
Nein, warum denn? Laura will jetzt nicht über ihre Wohnungssuche reden.
Karo holt hörbar Luft. Es ist so. Terz will mir doch zum Geburtstag einen neuen Sportwagen schenken. Jetzt habe ich mit ihm ausgemacht, daß ich einfach den alten behalte, und er gibt mir das Geld, bar auf die Hand. Na? Sie macht eine erwartungsvolle Pause.
Was: na? Laura versteht nicht, was Karo ihr damit sagen will.
Karo lacht. Bist du aber schwerfällig. Ich leihe dir das Geld, und du kaufst dir was. Für ein Appartement reicht es allemal. Und wenn nicht, meint Terz, kannst du dir den Rest leicht bei jeder Bank holen.
Ja, also. Laura sucht nach den richtigen Worten. Das ist sehr lieb von dir.
Karo wartet die Einwände gar nicht erst ab. Denke in Ruhe darüber nach. Und vergiß nicht, daß ich immerhin deine reiche Schwester bin. Tschüschen. Sie legt auf.
Laura hat ein unbehagliches Gefühl. Irgend etwas an Karos Vorschlag ärgert sie sogar. Unschlüssig stellt sie den Fernsehapparat an. Ein Kommissar verhört eine blonde Frau, die ihm offenbar etwas vorspielt. Die Kamera zeigt ihren Seitenblick auf den jungen Assistenten des Kommissars. Schlechte Regie und schlechte Schauspieler, denkt Laura und geht ins Badezimmer.
Beim Händewaschen sieht sie in den Spiegel. Karo will nicht wirklich helfen, sie gefällt sich in einer Rolle. Zu Besichtigungsterminen würde sie nicht mitgehen. Sie will andere durch einen großzügigen Umgang mit Geld überraschen, weil sie selbst da-

von abhängig ist. Was sie haben kann, sind immer nur Geschenke ihres Mannes. Der Zustand einer Beziehung drückt sich für Karo in der Höhe der Summe aus, die auf einem Scheck steht. Laura will in diesen Austausch nicht verwickelt werden. Sie ist nicht bereit, die dankbare Schwester zu werden, damit Karo einen Rollentausch erleben kann. Von der eigenen leidvollen Unselbständigkeit zur Lenkerin fremder Geschicke.
Im Fernsehen deckt der Kommissar die Lügen der blonden Frau auf. Laura sieht ihm etwas gelangweilt dabei zu. Sie überlegt sich, wie sie Karo ihre Ablehnung erklären soll. Die Wahrheit wäre verletzend. Karo ist fassungslos und bricht in Tränen aus. Umständliche Auseinandersetzungen würden folgen. Schließlich müßte sie alles zurücknehmen, um Karo wieder zu beruhigen.
Laura sieht sich den Kriminalfilm nicht bis zum Ende an. Sie geht in ihr Zimmer und zieht sich aus. Sie wird einfach sagen, daß sie ihre erste eigene Wohnung auch von ihren eigenen Einkünften bezahlen will. Ich habe mir das vorgenommen, weißt du. Karo wird nicken: Du bist eben etwas absonderlich. Aber sie wird es verstehen.
Kurz vor dem Einschlafen ist Laura wieder in der leeren Wohnung. Er öffnet das Fenster und nimmt ihre Hand. Sie steigen auf das Fensterbrett. Einen Moment lang hat sie Angst davor, sich abzustoßen, sie weiß nicht, ob sie fliegen kann. Der Horizont ist noch hell.
Am nächsten Morgen ist der Himmel grau, und der Winter scheint zurückgekommen zu sein. Schon etwas in Eile nimmt Laura die Post aus dem Hausbriefkasten. Der Fahrstuhl kommt, und sie erkennt hinter der Scheibe den Rentner Raschkow.
Einen guten Tag. Sie schmettert es ihm fast entgegen. Ein richtiges Aprilwetter, nicht? Gestern Frühling und heute wieder kalt.
Tach. Er hat seinen Stumpen im Mund. Ohne aufzublicken geht er mit verdrossenem Gesicht an ihr vorbei auf die Haustür zu.

Mit schnellen Schritten ist Laura vor ihm an der Tür und reißt sie für ihn auf. Dann wollen wir trotzdem mal raus, was? Sie spricht sehr laut, weil ihr plötzlich einfällt, daß er schwerhörig sein könnte.
Er sieht sie auch jetzt nicht an. Stumm und ohne Dank für das Türaufhalten tritt er auf die Straße. Noch nicht einmal ein Kopfnicken.
Widerling, würde Laura ihm gerne nachrufen.
In der Untergrundbahn denkt sie darüber nach, ob ihre Einschätzung richtig ist oder die der Nachbarn. Vielleicht ist beides wahr. Ein Widerling, der am Ende ist. Bei dieser Vorstellung muß Laura lächeln. Die Frau, die ihr gegenübersitzt, bezieht es auf ihren weißen Hund und lächelt einvernehmend zurück.
Laura hängt in ihrem Büro nur den Mantel auf einen Bügel, nimmt die Kassette und ihre Notizen vom Schreibtisch und geht gleich zu Douglas.
Tssst. Er pfeift durch die Zähne. Sie sehen heute wieder wunderbar aus.
Ich hoffe, Sie sagen das Ihrer Gattin genauso häufig wie mir. Laura versucht, ein ernstes Gesicht zu machen, aber Douglas lacht schon, und sie wird von ihm angesteckt.
Er setzt sich zurecht. Beginnen wir mit der Arbeit. Seufzend sieht er sie an: Ach, Laura, Sie kluge und würdige Person, sagen Sie schon das liebe Wort, also.
Das Melodram beurteilt Douglas genauso wie Laura. Er will mit fünfzehn Kopien starten. Die Verleihgarantie muß vorsichtig verhandelt werden, findet er, sonst suchen sie einen, der mehr bietet. Condor und Movie On würden sicher gleich zugreifen.
Und dann gibt es noch etwas anderes, sagt Douglas, als Laura schon aufsteht, um sein Zimmer wieder zu verlassen. Ich möchte etwas mit Ihnen riskieren.
Laura hat auf diesen Satz seit Monaten gewartet. Aber sie läßt sich nichts anmerken und fragt: Riskieren?

Douglas lächelt. Wenn ich mit Ihnen kein Abenteuer erleben darf, dann doch wenigstens ein Risiko, oder? Er wird ernst, greift von dem Stapel auf seinem Schreibtisch ein Drehbuch und schiebt es ihr hinüber. Liebe Laura, wenn Ihnen das Buch gefällt, soll es Ihre erste eigene Produktion werden.
Oh. Laura schenkt ihm fassungslose Überraschung. Sie starrt ihn mit großen Augen an und sieht, daß er sich darüber freut.
Ja. Douglas steht auf und tritt ans Fenster. Neben allem anderen, was Sie von mir wissen, vertraue ich Ihnen eben auch.
Laura überlegt einen Moment lang, ob sie ihn jetzt umarmen soll, mit einem schnellen Kuß. Aber sie sagt nur mit leiser Stimme: Ich danke Ihnen. Und verläßt sein Büro.
Hastig schlägt sie das Drehbuch auf. Sie überfliegt aufgeregt die ersten Szenen. Es ist gut geschrieben. Seite um Seite eilt sie durch die Geschichte. Aufatmend lehnt sie sich zurück. Ohne Zweifel, daraus kann etwas werden. Sie legt beide Hände flach auf das Buch. Sie wird ausführende Produzentin sein.
Dr. Schlengt ist gerade bei Herrn Douglas, sagt die Sekretärin. Sie wollen nicht gestört werden.
Macht nichts. Laura würde mit der Sekretärin am liebsten im Zimmer herumtanzen. Ich komme später noch mal. Sie deutet auf die Bluse der Sekretärin. Das Rot ist Ihre Farbe. Sie sehen aus wie Ama Buchers, nur noch hübscher.
Finden Sie? Die Sekretärin strahlt.
Laura liest das Drehbuch zum zweiten Mal, diesmal ruhig und sorgfältig. Sie macht sich Anmerkungen.
Es klopft, und Douglas kommt herein: Na?
Laura steht auf, nimmt seine Hand und drückt sie, fest, als wolle sie ein Bündnis mit ihm schließen: Ich will es.
Am Nachmittag muß sie Pressemitteilungen überarbeiten und mit zwei Schauspielern über ihre Verträge verhandeln. Aber immer wieder schweift sie in Gedanken ab. Ihre erste Produktion.
Um Viertel vor sieben zieht sie ihren Mantel an. Douglas steht

auf dem Flur, die Autoschlüssel schon in der Hand: Sollten wir auf das Ereignis nicht anstoßen?

Wie schade. Ich muß ins Sort. Laura hat ein bedauerndes Gesicht.

Na gut, sagt Douglas. Dann bringe ich Sie wenigstens hin.

Auf der Fahrt plaudert er über eine chinesische Skulptur, die er auf einer Antiquitätenmesse erworben hat, aber Laura spürt seine Enttäuschung.

Douglas hält vor dem Sort. Kerzenlicht hinter den Glasscheiben, die bis auf den Boden reichen. Laura kann aus dem Auto heraus alle Tische sehen. Nur zwei sind besetzt. Rechts hinten: drei Frauen, die ausgelassen wirken, und links vorne: ein einzelner Mann, schmal und mit dunklen Haaren. Es ist fünf Minuten nach sieben, und er ist nicht gekommen.

Laura fühlt einen ziehenden Schmerz in der Brust. Sie versucht, sich zu beherrschen. Wissen Sie was? sagt sie schnell. Ich gehe einfach nicht hinein. Sie ist erstaunt darüber, daß ihre Stimme wirklich vergnügt klingt.

Douglas wirft ihr einen fragenden Blick zu, aber er legt dabei schon den Gang ein und fährt wieder los.

Sie stehen vor einer roten Ampel, und Douglas greift vorsichtig nach Lauras Hand. Sehr langsam führt er sie zu seinen Lippen. Er läßt ihr viel Zeit, ihre Hand noch zurückzuziehen. Laura tut es nicht.

Ich muß alles überarbeiten, denkt Henk. Er sitzt an seinem Schreibtisch und hat die Seminarunterlagen vor sich ausgebreitet. Mit den Definitionen sollte er nicht beginnen. Das ist trocken. Erst müßte er einen Fall schildern. Anhand der Fragen, die dabei entstehen, könnten die begrifflichen Kategorien gemeinsam entwickelt werden.

Henk sieht auf die Uhr: Viertel nach neun. Viel Zeit hat er nicht mehr. In einer halben Stunde muß er los. Er nimmt den Bleistift und fängt an, sich Stichworte zu machen.

Es klingelt. Das wird die Post sein. Unwillig geht Henk zur Tür und öffnet. Annabell steht vor ihm.

Ich weiß, du hast keine Zeit. Sie lächelt entschuldigend. Ich war schon fast auf der Autobahn. Aber ich wollte dich einfach noch mal sehen, bevor ich losfahre.

Henk sieht sie aufseufzend an. Schon gestern abend hat Annabell sich ausführlich von ihm verabschiedet. Sie will für zwei Wochen nach Italien. Die Bonselts haben dort ein Haus.

Ich bleibe auch nur zehn Minuten, sagt Annabell. Das verspreche ich.

Komm rein. Henk zieht sie in die Wohnung. Ihre schuldbewußte Haltung rührt ihn. Wir trinken zusammen schnell einen Kaffee. Er geht mit ihr in die Küche.

Glaubst du eigentlich, daß ich dir fehlen werde? fragt Annabell leise.

Henk steht am Schrank und greift gerade nach den Tassen. Er

will Annabell nicht belügen. Fehlen vielleicht nicht, sagt er behutsam, dazu habe ich zum Semesterbeginn zu viel zu tun. Aber ich werde bestimmt an dich denken.
Er dreht sich zu ihr um und sieht ihr Gesicht. Es ist ganz klein. Ich rufe dich natürlich auch an, sagt er schnell. Und du mußt die große Olive von mir grüßen. Weihnachten fahren wir dann zusammen hin.
Sie nickt, aber sein Versprechen hat sie schon nicht mehr erreicht. Ihre Stimme ist matt: Du bist so kalt. Erkläre mir das. Ich leide darunter.
Henk fühlt Ärger in sich aufkommen. Erst am Sonntag hat er mit Annabell bis zwei Uhr in der Nacht über die Beziehung sprechen müssen. Endlose Wiederholungen. Immer wieder zwingt sie ihn in letzter Zeit in solche Gespräche hinein.
Annabell, sagt er warnend und gießt ihr Kaffee ein. Nicht jetzt. Er mag sie gern, und er will sie bestimmt nicht verletzen. Aber sie hat von Anfang an gewußt, daß er die Heftigkeit ihrer Gefühle nicht teilt.
Ja, du hast schon recht. Annabell nippt an ihrem Kaffee. Sie stellt die Tasse ab und schluckt entschlossen. Die Kinder vom Klub haben einen Brief geschrieben, mit guten Wünschen für die Reise. Sie spricht betont munter.
Das ist schön. Henk lehnt sich mit verschränkten Armen an den Kühlschrank. Er ist froh, daß Annabell ein anderes Thema anbietet. Seit einigen Monaten spielt sie nachmittags mit den Kindern aus ihrer Nachbarschaft auf dem Dachboden. Bonselt hat ihn ihr ausbauen lassen. Sie bastelt Musikinstrumente und macht Konzerte mit den Kindern.
Annabell schiebt ihren Stuhl zurück. Als Küschner neulich da war, hat mein Vater ihm erzählt, ich sei eine Musiktherapeutin. Sie versucht, Bonselts Ton nachzuahmen. Meine Tochter, mein Lieber, fördert in ihrem Klub Kreativität und selbstbestimmtes Lernen und bietet den Kindern dadurch neue Entfaltungsmög-

lichkeiten. Sie lacht. Papachen, habe ich zu ihm gesagt, Entfaltung, na ja, du weißt schon, was ich meine. Ein bißchen einfacher: Es soll den Kindern gutgehen. Daß sie vergnügt sind. Mehr nicht.
Henk weiß, für Bonselt wird das zu wenig gewesen sein, weil es unwissenschaftlich klingt. Er lächelt Annabell an: Sicher wird er darauf hingewiesen haben, daß du in Salzburg studiert hast.
Genau. Annabell stützt die Arme auf den Tisch. Also bin ich eine studierte Kindervergnügerin, habe ich zu ihm gesagt. Da hat er dann lachen müssen, und Küschner auch.
Dein Vater ist stolz auf dich, egal wie du dich nennst. Henk greift nach der Zuckerdose und stellt sie zurück aufs Bord. Und ganz zu recht, fügt er hinzu.
Es entsteht eine Pause. Annabell versucht, sie zu füllen. Ach, und gestern hat er mich gefragt, warum ich noch immer kein Geld für den Klub nehme. Er meint, daß alle Eltern bereit sind, einen Monatsbeitrag zu zahlen. Als eine kleine Anerkennung für mich. Sie haben es schon mehrfach angeboten, und es wohnen ja auch nur reichere Leute in der Gegend. Ich sollte jedenfalls was verlangen.
Und was hast du gesagt? Henk kennt die Antwort, aber er will nicht, daß die Plauderei ausläuft.
Annabell sieht aufmerksam in ihre Tasse, als läge darin die Offenbarung. Na, du kannst es dir denken. Daß ich eben noch übe und froh bin, wenn sie mir ihre Kinder überhaupt schicken. Und daß ich außerdem nicht einfach mehr nach Italien fahren könnte, wenn sie mich bezahlen.
Henk schaltet die Kaffeemaschine aus. Ich muß jetzt los, sagt er drängend.
Er verläßt mit ihr das Haus. Es nieselt, und der Novemberwind hat die faulenden Blätter im Rinnstein zusammengetrieben. Annabell schmiegt sich kurz an ihn und steigt dann wortlos in ihr Auto. Er winkt ihr nach und fährt unzufrieden ins Institut.

Sein Seminar ist zäh. Auf seine Fragen folgt nur Schweigen. Drei Studentinnen stricken. Er haßt das. Aber es ist seine Schuld. Sie stricken, weil er sie mit seinem Unterricht nicht wirklich erreicht. Er ist einfach schlecht vorbereitet. Es fehlen ihm Einfälle, Scherze, Ergänzungen. Nur wenn er selbst sicher ist, kann er mit dem Stoff auch frei umgehen und ihn auf die Gruppe beziehen.
Henk ist froh, als er das Institut wieder verlassen kann. Er will schnell nach Hause. Bei seiner Vorlesung morgen soll nicht auch Gleichgültigkeit entstehen. Er möchte sie packen. Ihr Denken beeinflussen. Er will in ihre Köpfe steigen. Sie sollen etwas von ihm haben. Er wünscht sich, daß ihre Gesichter ihm ganz zugewandt sind, mit einem kleinen Leuchten in den Augen. Er wird heute für sie arbeiten.
Eine Gruppe von Studenten versperrt ihm die Ausfahrt des Parkplatzes. Sie stehen zusammen und lachen. Drei von ihnen tragen den gleichen gelben Regenmantel. Die steifen Plastikkapuzen auf den Köpfen geben ihnen etwas von Gartenzwergen. Henk drückt vorsichtig auf die Hupe. Der Ton ist trotzdem lauter, als er es gewollt hat, und die Gruppe fährt, davon erschreckt, auseinander. Ihm ist das unangenehm. Er versucht, sie hinter der nassen Scheibe freundlich anzulächeln und hofft, daß keiner dabei ist, der ihn kennt.
Die Ampel an der Mensa zeigt Rot, und er hält an. Der Motor läuft irgendwie unruhig. Nächste Woche muß er den Wagen sowieso zur Durchsicht bringen, bis dahin soll er noch halten. Henk fährt nur sehr ungerne in die Werkstatt. Er fühlt sich dort immer entmündigt. Jedesmal bemüht er sich, eine Fachlichkeit vorzutäuschen und spricht von dem Vergaser und den Ventilen. Der Meister nickt aber nur kurz: Wir werden es uns ansehen. Offenbar kennt er die Versuche und macht sich noch nicht einmal mehr die Mühe, darauf mit Erklärungen einzugehen.
Henk biegt in seine Straße ein. Die Schule an der Ecke ist gerade

aus, und an der Bushaltestelle drängen sich die Kinder. Sie tragen Taschen, die für ihre kleinen Körper viel zu groß sind. Sie sehen aus wie Hundebesitzer, die sich gegen den Willen ihrer Tiere nicht durchsetzen können und von ihnen an der Leine hinterhergeführt werden. Die Last des ungewollten Lernens, denkt Henk mitleidig. Sträflinge, die einer freudlosen Anstalt entflohen sind und an der Haltestelle ein Stück wiedergewonnene Freiheit genießen.
Langsam fährt er an den Kindern vorbei und stellt sein Auto weiter vorne ab, gegenüber vom Milchgeschäft. Er nimmt seine Seminarunterlagen und steigt aus. Der kalte Wind ist unangenehm. Annabell müßte jetzt bereits am Brenner sein. Die Vorstellung, daß er die nächsten beiden Wochen ganz nach seinen eigenen Bedürfnissen leben kann, erleichtert ihn. Sie ist zu oft bei ihm. Er will nicht so eng mit ihr verbunden sein. Wenn sie zurück ist, muß er mit ihr darüber sprechen.
Guten Tag, Herr Professor, ruft die Milchfrau ihm entgegen, als er den Laden betritt. Sie lächelt ihm freundlich zu und bedient dann ihre Kundin weiter.
Henk hat noch immer ein gespaltenes Verhältnis zu seinem neuen Titel. Einerseits ist es ihm peinlich, so angesprochen zu werden. Andererseits wird seine Eitelkeit dadurch befriedigt und ihm liegt daran, von möglichst vielen in seinem Rang bestätigt zu werden. Wenn er zu Hause an seinem Schreibtisch sitzt und nach dem Briefpapier greift, muß er jedesmal über sich selbst lächeln. Gleich nach seiner Berufung hat er es sich drukken lassen und zögert doch immer, es auch zu benutzen.
Raimund nickte nur, als Henk ihm diesen kleinen Widerspruch beschrieb: Es ehrt dich sehr, aber du stehst damit ganz neben dem Zeitgeist. Alles, was du bist oder kannst, mußt du heute ausstellen. Natürlich nur, wenn es auch etwas gilt. Es geht ausschließlich um äußeren Glanz, nicht um psychische Wahrheiten. Das sind die Gesetze unserer modernen Welt. Raimund rief

nach der Haushälterin. Seit dem Tod seines Vaters ist sie alt geworden. Er wartete an der Tür auf sie und lächelte Henk an. Ja. Das Ausstellen und das Einerseits und das Andererseits. Er klang bitter. Irgendwann, wenn ich den Mut dazu finde, erzähle ich dir auch von meinen Widersprüchen.
Henk betrachtet die Käsesorten hinter der Glasscheibe. Ein Stück Emmentaler, sagt er zu der Milchfrau.
Als er mit Annabell das erste Mal bei Raimund war, hat sie ihn auf dem Nachhauseweg zögernd gefragt: Ist er homosexuell?
Ja, und wenn? Henk wurde sofort böse.
Ich meine doch nur. Annabell hat nie wieder darüber gesprochen.
Zehn achtzig, Herr Professor. Die Milchfrau stellt ihm die Tüte mit seinem Einkauf auf die Theke. Sorgenvoll sieht sie auf die Straße. Ein Wetter ist das wieder, was? Am Wochenende soll es sogar schon Nachtfrost geben. Ich muß die Beete abdecken. Die Pflanzen sind ja so empfindlich. Sie erzählt gern von dem kleinen Garten, den sie im Hof angelegt hat.
Ihre Pflanzen haben nichts zu befürchten, sagt Henk freundlich und steckt das Wechselgeld ein. Sie sind ihnen gewiß eine gute Mutter.
Die Milchfrau strahlt. Das haben Sie schön gesagt, Herr Professor. Das wird meinen Mann ganz neidisch machen. Eine gute Mutter. Sie lacht zufrieden.
Henk verläßt den Laden. Er wird das Telefon ins Schlafzimmer stellen und sich gleich an die Arbeit machen.
Während er die Haustür aufschließt, geht eine Frau mit einen Regenschirm an ihm vorbei. Die Art, wie ihre blonden Haare über den Mantelkragen fallen, erinnert ihn an seine Suche damals. Niemand im Sort kannte sie. Viele Abende saß er dort und sehnte sich danach, daß sie plötzlich hereinkommen würde. In jedem vorbeifahrenden Auto glaubte er, sie zu sehen. Am Ostbahnhof stand sie für ihn klar erkennbar am Abteilfenster eines

gerade abfahrenden Zuges. Dutzenden von Frauen ist er mit klopfendem Herzen hinterhergelaufen in der Hoffnung, er hätte sie gefunden. Vor Wut und Enttäuschung weinte er sogar.
Sie wird dein Troppau werden, warnte ihn Raimund.
Sie ist kein Troppau, sie ist wirklich, schrie er Raimund an und entschuldigte sich dann gleich dafür: Ich bin ein bißchen verrückt, weißt du. Vielleicht ist sie nur eine dumme Gans. Aber ich würde mich eben gerne davon überzeugen können.
Eigentlich hat nur Annabell ihn verstanden, obwohl es doch gerade für sie schmerzvoll war. Ihr konnte er sich rückhaltlos anvertrauen. Sie tröstete ihn: Irgendwann wird sie einfach da sein, glaube mir.
In einer Julinacht blieb Annabell dann bei ihm. Danach war die andere Frau zwischen ihnen ein Tabu.
Ach ja, denkt Henk wehmütig. Wahrscheinlich wäre nie etwas daraus geworden, aber sie fällt mir immer noch ein. Mit einem Seufzer geht er die Treppe hinauf.
Vor seiner Wohnungstür sitzt Annabell. Überrascht starrt er sie an.
Ich muß mit dir reden, sagt sie ernst und bestimmt.
Er fragt nichts. Verdrossen öffnet er die Wohnung. Was immer es sein mag, in zehn Minuten schmeißt er sie wieder raus. Er wird die Gelegenheit nutzen und ihr Grundsätzliches klarmachen. Es geht nicht anders. Sie muß das lernen. Jedenfalls läßt er sich auf keinen Fall von der Arbeit abhalten.
Sie stehen sich im Flur gegenüber. Also? Henk sieht sie streng an.
Annabell geht in die Küche, als wollte sie seinem Blick ausweichen. Henk folgt ihr nicht. Kampfbereit lehnt er sich neben der Garderobe an die Wand.
Ich bekomme ein Kind. Ihre Stimme klingt fest und klar.
Henk läuft in die Küche. Annabell hat ihm den Rücken zugewandt und betrachtet den grauen Himmel, den Kopf etwas in

den Nacken gelegt. Er wartet darauf, daß sie weiterspricht, aber sie schweigt. Irgend etwas muß er sagen. Er räuspert sich: Du nimmst doch Ovanon. Ihm fällt nichts Besseres ein.
Im September habe ich es zweimal vergessen. Sie dreht sich zu ihm um: Ich will das Kind.
Henk setzt sich auf den Küchenstuhl und knöpft mechanisch seinen Mantel auf. Das Salzfaß auf dem Tisch ist wieder leer. Er sollte ein größeres kaufen. In seinem Magen breitet sich ein spitzes Gefühl aus.
Annabell bleibt am Fenster stehen. Ich habe dir einen Vorschlag zu machen. Nicht meinetwegen. Es geht dabei um meine Eltern, vor allem um meinen Vater. Das wirst du verstehen.
Henk nimmt das Salzfaß und stellt es vor sich hin. Er zählt die Reiskörner, die am Boden des kleinen Glaskörpers liegen. Es sind fünf.
Eigentlich ist es nicht nur ein Vorschlag. Es ist auch eine große Bitte an dich. Annabell stützt die Hände hinter sich auf das Fensterbrett. Ich möchte, daß du mich heiratest. Nur für ein Jahr. Dann lasse ich mich von dir scheiden. Ich denke, man kann das notariell absichern. Alle anfallenden Kosten trage selbstverständlich ich. Ich würde dir natürlich auch einen Teil meines Erbes abtreten, im Sinn einer Aufwandsentschädigung oder auch eine der Lebensversicherungen, die mein Vater für mich abgeschlossen hat. Ganz wie du willst.
Henk sitzt einen Moment lang still da. Ein unbändiger Lachreiz steigt in ihm auf. Er kann ihn nicht beherrschen. Es reißt in ihm. Entschuldige, bringt er verzweifelt lachend hervor, entschuldige bitte.

Nein, denkt Laura und klappt das Drehbuch zu. Das ist nichts. Der Stoff ist dünn und auch noch schlecht erzählt. Am liebsten würde sie den Autor sofort anrufen. Sein aufwendiges Begleitschreiben drückt aus, daß er sich für einen großen Künstler hält. Sie hätte Lust, ihm diese Vorstellung mit einer kalten Aufzählung seiner Unfähigkeiten zu zerstören. Aber ein Telefongespräch, noch dazu am Sonntag abend, das fällt aus dem Rahmen. Wahrscheinlich würde sie ihm dadurch nur neue Grundlagen für seine Überheblichkeit schaffen. Immerhin läßt meine Arbeit Sie doch ganz offenbar nicht gleichgültig, hört sie ihn sagen. Sie wird morgen früh im Büro einen Brief diktieren und ihm sein Buch zurückschicken.
Laura steht auf und geht ins Badezimmer. In einer Viertelstunde wird Douglas da sein. Sie nimmt ihr Schminkzeug aus dem Schränkchen und zieht mit dem schwarzen Stift die Umrandung ihrer Augen nach. Sie hält inne und betrachtet sich im Spiegel. Sie ist älter geworden. Ihr ist das nicht wirklich neu. Trotzdem erlebt sie es immer wieder, daß ihr eigenes Gesicht sie überrascht. Ihr Selbstbild ist stehengeblieben und hat die Veränderungen nicht mitgemacht. Es scheint sogar unbelehrbar zu sein und hält trotz aller Gegenbeweise an einer Zwanzigjährigen fest.
Laura gibt auf. Es hat wohl keinen Sinn. Die Außenwelt sieht sie anders, als sie selbst sich in ihrer Innenwelt sieht. Es gelingt ihr nicht, den Abstand auszugleichen. Mit jedem Jahr wird der noch

ein bißchen größer werden. Sie kann sich selbst nicht mehr einholen. Ob das anderen ähnlich geht? Sie wird Baba danach fragen.
Das Telefon klingelt. Vielleicht hat Douglas wieder eine Auseinandersetzung mit seiner Frau und sagt ab. Laura wäre das recht. Sie könnte noch die Exposés lesen. Sie hebt ab. Es ist Jan.
Bist du noch allein? Seine Stimme ist kläglich.
Ja. Was hast du? fragt sie besorgt.
Ach, mir geht es nicht gut. Ich fühle mich matt, und etwas Temperatur habe ich auch. Ich glaube, es wird eine Grippe.
Rapunzel, armes. Laura hat sofort Angst um ihn. Schon gestern hast du blaß ausgesehen. Wieviel Temperatur ist es?
Nichts weiter. Nur siebenunddreißigfünf, wehrt er ab. Aber schön, daß ich dich hören kann, bevor er kommt. Ein wenig klagen, das hilft schon.
Laura spürt ihre Zärtlichkeit für ihn wie einen Schmerz. Paß auf, wir machen das so: Erstmal nimmst du jetzt ein Aspirin...
Will ich nicht, unterbricht Jan. Das geht mir auf den Magen.
Gut, dann setzt du dich einfach nur vor den Fernseher und siehst dir irgend etwas Langweiliges an. Wenn Douglas kommt, sage ich ihm, daß du krank bist, und dann bin ich gleich bei dir und sorge für dich.
Nein, das machst du bitte nicht. Jan klingt entschlossen. Ich will euch auf keinen Fall stören.
Laura läßt sich nicht täuschen. Stören? Ja, meinst du denn, ich könnte mit ihm überhaupt umgehen, wenn ich weiß, daß du mich gerade brauchst? Sie wartet gar nicht erst auf seine Antwort. Na also, schließt sie gleich an.
Du bist so lieb. Jans Standhaftigkeit ist schon zusammengefallen.
Mach dir keine Sorgen. Laura will auch sich selbst beruhigen. In einer Stunde bin ich da. Und dann wird alles gut und schön, ja?
Ja, sagt Jan dankbar.

Laura legt auf. Es ist ihr gleichgültig, ob Douglas das verstehen wird oder nicht. Sie hat ihre eigenen Regeln. Jedenfalls was Jan betrifft. Über alles andere ist sie bereit zu verhandeln, über ihn nicht. Karo hat neulich versucht zu bohren: Was ist eigentlich mit Jan? Manchmal kommt es mir vor, als würdest du krampfhaft an etwas festhalten, was gar nicht mehr da ist. Hast du darüber schon mal nachgedacht?
Nein, hat Laura scharf und laut gesagt, und ich habe es auch nicht vor. Karo war ganz erschrocken.
Wer jetzt kein Haus hat, denkt Laura. Es wird wieder Winter. Sie setzt sich an ihren Arbeitstisch und sieht aus dem Fenster in die Dunkelheit hinaus. Drüben glänzen die Dächer vor Nässe. Es nieselt wohl noch immer. Niemals wird sie Douglas so nah sein, wie sie es Jan ist. Auch Moll und Baba fühlt sie sich anders verbunden. Wenn sie in Not wären, gleich welcher, würde sie immer versuchen, sie zu retten. Es ist ihre Aufgabe, sie müßte gar nicht erst überlegen. Douglas gehört nicht zur Familie, er ist nur ein Gast. Er wird nicht bleiben.
Als wollte er ihr ihre Gedanken verbieten, läutet es an der Tür. Er hat sie ertappt. Laura geht ihm mit einem kleinen Schuldbewußtsein aufmachen. Er hält ihr einen Strauß roter Rosen entgegen. Er bringt ihr immer Blumen mit. Selbst am Sonntag. Sie weiß nicht, wie er das macht.
Der Dame meines Herzens, sagt er.
Oh, danke. Laura nimmt ihm den Strauß ab. Sie will ihm nicht gleich im Flur sagen, daß er wieder gehen muß.
Douglas zieht seinen Mantel aus, wirft ihn achtlos auf den Boden und schüttelt sich: Es ist kalt in der Welt. Er streckt die Arme nach ihr aus: Wärme mich.
Laura lacht etwas angestrengt. Ich stelle nur schnell die schönen Blumen ins Wasser. Douglas folgt ihr in die Küche.
Es tut mir sehr leid. Laura nimmt eine Vase aus dem Schrank. Aber ich habe ein Problem.

Ich auch, sagt Douglas knapp. Und ich muß mit dir reden. Seine Stimme ist plötzlich fremd.
Laura dreht sich zu ihm und will ihm ins Gesicht sehen. Aber er ist schneller als sie und wendet sich ab. Er beugt sie über den Obstkorb auf dem Küchentisch und riecht an den Äpfeln.
Es ist wegen Jan, beginnt Laura und läßt Wasser in die Vase laufen.
O nein. Douglas tritt hinter Laura und umarmt sie.
Heute nicht. Heute geht es ausnahmsweise nur um dich und mich. Jan wird vergessen. Dieses eine Mal soll er nicht dabei sein. Bitte. Wir sprechen morgen über ihn, die ganze nächste Woche lang, das ganze Jahr über, wenn es sein muß. Aber heute abend mußt du für mich da sein. Er zieht Laura aus der Küche und führt sie hinüber zum Sofa. Setzen wir uns.
Laura spürt, daß sie ihm etwas Zeit lassen muß. Vom Sofa aus kann sie die Uhr im Flur sehen. Sie gibt ihm eine halbe Stunde. Nichts kann sie dann noch aufhalten.
Douglas zündet sich eine Zigarette an. Heute morgen habe ich meiner Frau gesagt, daß ich dich liebe. Er bläst den Rauch in die Luft. Wir werden uns trennen. Er legt seine Zigarette in den Aschenbecher. Ich bin gleich ins Hotel gezogen. Er lehnt sich zurück. Es hat mich alles sehr angestrengt.
Im ersten Moment will Laura aufstehen und tröstend seinen Kopf in ihre Hände nehmen. Sie hält sich zurück. Er muß ungestört noch weiter sprechen können. Es muß noch mehr aus ihm heraus. Sie bleibt reglos sitzen.
Douglas schließt die Augen. Seine Zigarette verbreitet über dem kleinen Glastisch einen dünnen Rauch. Meine Frau hat geweint. Das war so merkwürdig für mich. Seit vielen Jahren hat sie mich nicht mehr erreicht. Ich bin schon lange taub gewesen. Und sie auch. Aber im Augenblick des Endes bricht alles noch einmal auf. Als würden Verschnürungen aufgerissen, Kisten öffnen sich, in denen die Erinnerungen verpackt sind. Ich wußte

wieder, wie meine Frau war, als ich sie kennengelernt habe. Ihre Tränen heute morgen waren auch die des jungen Mädchens, das mir früher so viel bedeutet hat. Douglas schweigt. Er richtet sich langsam auf und greift nach der Zigarette. Sein Gesicht ist traurig. Er sieht Laura nicht an.

Ja, sagt sie leise. Seine Wahrhaftigkeit macht sie betroffen. Noch nie hat er ihr erlaubt, mit dieser Klarheit in ihn hineinzusehen. Er hat ihr das größte Geschenk gemacht, das zwischen zwei Menschen möglich ist. Der Damm, den sie gegen ihn aufgeschüttet hat, wird überspült und dabei aufgelöst.

Ich danke dir, sagt sie. Sie faltet die Hände zwischen ihren Knien. Sie hat den heftigen Wunsch, ihn auch zu beschenken. Jan ist krank, sagt sie entschlossen, und ich wollte eigentlich zu ihm. Ich werde ihm jetzt absagen. Bleib heute nacht bitte bei mir. Sie steht auf.

Douglas deutet in seinen Mundwinkeln ein winziges Lächeln an. Seine Augen bleiben ernst. Er nickt.

Laura geht in ihr Arbeitszimmer und schließt hinter sich die Tür. Sie wird Jan nicht viel erklären müssen. Er wird ihre Entscheidung sicher richtig finden und sie bestärken.

Sie hebt den Hörer ab. Wenn er nun aber hohes Fieber bekommen hat. Oder sich von ihr verlassen fühlt. Der Gedanke quält sie sofort. Sie wählt seine Nummer. Es fällt ihr schwer, aber sie ist bereit, es für Douglas zu tun.

Wie gut, daß du anrufst, beginnt Jan. Gerade wollte ich dir Bescheid geben. Hinter seinen Worten liegt eine Bitte um Verzeihung. Heike ist nämlich vor ein paar Minuten gekommen. Sie ist jetzt in der Küche und macht mir einen Kamillenaufguß.

Heike. Ah. Laura schluckt.

Hoffentlich hast du Douglas noch nichts gesagt.

Keine Sorge. Habe ich nicht. Laura bemüht sich um einen munteren Ton. Wie banal die Dinge doch sind, denkt sie fast ärgerlich.

Bis morgen dann, ja? Jan hat es offenbar eilig. Er kennt Heike erst seit drei Wochen.
Und schlafe dich gesund. Laura legt auf. Sie beißt sich auf die Unterlippe. Der innere Aufwand wäre gar nicht nötig gewesen. Es hat sich von alleine geregelt. Zufällig tritt eine Heike ans Krankenlager und beweist, wie einfach alles ist. Sie selbst sollte daraus etwas lernen. Das nächste Mal wird sie nicht gleich vor Mitgefühl hinschmelzen, nur weil er gerade glaubt, eine kleine Erkältung zu bekommen.
Enttäuscht will Laura ihr Arbeitszimmer verlassen. Sie greift nach der Klinke. Mitten in der Bewegung bleibt ihre Hand in der Luft stehen. Vielleicht hat es mit Jan gar nichts zu tun, sondern nur mit ihr selbst. Sie ist es doch, die in ihm einen Hilfsbedürftigen sieht. Sie macht ihn schwächer, als er ist. Natürlich kommt er auch ohne sie aus. Aber sie drängt ihn in eine Rolle, damit sie den Gegenpart dazu spielen kann. Sie gefällt sich darin. Sie hat etwas davon, ein gütiger, selbstloser Mensch zu sein, allzeit bereit. Und was wäre die Güte, wenn sie niemand braucht? Trifft ein Starker keinen Schwachen, muß er sich eben einen finden.
Laura lächelt erleichtert. Das ist es. Sie hat Jan nichts vorzuwerfen, und diese Erkenntnis befreit sie.
Douglas hat sein Jackett ausgezogen und liegt rauchend auf dem Sofa. Laura kniet sich neben ihn. Hat es lange gedauert? fragt sie.
Nein. Er streicht ihr abwesend über das Haar. Außerdem brauche ich Zeit zum Nachdenken. Ich muß Pläne machen, wie alles weitergehen soll. Er wickelt sich eine Haarsträhne von ihr um den Finger. Wir werden etwas Neues aufbauen müssen. Versonnen blickt er an die Decke. Dazu sind schnelle Entschlüsse nötig. Leider. Wir müssen uns entscheiden.
Laura ist nicht sicher, wie sie ihn verstehen soll. Wen meint er mit: wir? Sie fühlt sich unbehaglich. Spricht er von einer gemeinsamen Zukunft? Sie wird ihre Beziehung zu ihm bestimmt nicht

verändern. Bisher war er verheiratet, bald ist er es nicht mehr. Ihr bedeutet das nichts. Wenn er sich von seiner Frau trennt, ist das nur seine Sache. Sie hat ihn nie darum gebeten. Im Gegenteil, seine Ehe war für sie eine durchaus willkommene Einschränkung. Ein Schutz vor Ansprüchen, die sie sowieso nicht erfüllen würde. Laura schweigt und wartet darauf, daß er mehr sagt. Aber sie rückt etwas von ihm ab und setzt sich auf ein Kissen am Boden.
Juristisch gehört die Firma ihr. Douglas streift nachdenklich die Asche seiner Zigarette ab. Den Aschenbecher hat er auf seinen Bauch gestellt. Bisher war das ohne jede Bewandnis. Aber jetzt könnte sie mich entlassen. Und dich natürlich auch.
Laura erschrickt. Daran hat sie überhaupt noch nicht gedacht. Aber, sagt sie schnell, deine Frau hat doch keine Ahnung von der Produktion. Du bist die Firma, und ohne dich ist sie nichts.
Vielleicht wäre ihr das ja egal. Douglas spielt an seinem Hemdkragen. So oder so. Ich will mich in diese Situation jedenfalls nicht bringen lassen.
Ja, was heißt das jetzt denn? Laura hat Herzklopfen. Bestürzt sieht sie Douglas an.
Ich glaube, sagt er gedehnt, ich werde zurück nach London gehen. Er macht eine Pause. Carpenter hat mir eine Partnerschaft angeboten. Ruckartig dreht er seinen Kopf zu Laura hin. Du könntest mitkommen.
Um Lauras Hals legt sich blitzschnell ein enger, kalter Stahlreifen. Eine Kette klirrt. Sie braucht Luft. Um sich nicht zu verraten, versucht sie, ganz ruhig zu bleiben. Sie schiebt das Kissen zur Seite und zupft nachlässig an dem Bezug. Hellgraue Seide, Moll hat ihn ihr aus Xiang mitgebracht. Nach London? Ihr Ton ist abwägend, als würde es um eine Sommerreise gehen.
Douglas richtet sich auf. Er stellt den Aschenbecher auf den Glastisch und sitzt dann ganz gerade mit geschlossenen Füßen, erwartungsvoll wie ein Kind bei der Einschulung. Auf seinem

Gesicht breitet sich allmählich ein Lächeln aus. Ich liebe dich, Laura, sagt er. Komm bitte mit.
Laura sieht ihn an. Sie hat Angst. Sie möchte aus dem Zimmer laufen, hinaus auf die Straße, zu Jan. Nie, denkt sie, nie. Ich will frei sein.

Es geht so dahin

Nein, sagt Henk unwillig. Sie wissen doch, daß ich morgen operiere. Die Sekretärin nickt und verläßt sein Büro.
Ich bin so gereizt, denkt er und sieht einen Moment lang aus dem Fenster. Die alten Kastanien im Hof treiben schon klebrige Knospen.
Er steht auf, öffnet die Tür zum Vorzimmer und sagt versöhnlich zur Sekretärin: Sie haben es wirklich schwer mit mir, diese vielen Termine.
Sie strahlt ihn dankbar an: Aber Herr Professor, ein Mann wie Sie. Das ist doch einfach selbstverständlich.
Henk setzt sich wieder an seinen Schreibtisch. Er fühlt eine unerklärliche Spannung in sich. Vor ihm liegen seine Notizen. In zwei Wochen muß er den Aufsatz fertig haben. Über neue Methoden der Wiederherstellungschirurgie für das Jahrbuch der Wissenschaften. Die Leser sind hinterhältig. Sie warten nur darauf, über ihn herfallen zu können. Er muß aufpassen.
Die Buchstaben verschwimmen vor seinen Augen. Es hat keinen Zweck. Vielleicht sollte er abbrechen und einen kleinen Spaziergang machen. Er könnte sich endlich einen Fotoapparat kaufen. Er spielt schon lange mit dem Gedanken. Ihn hält nur eine geheime Angst davon ab. Eine Ahnung, daß etwas Unaufhaltbares beginnen würde.
Die Sekretärin kommt herein. Der Herr Dekan fragt, ob er Sie kurz sprechen kann. Wegen der Fachbereichskonferenz am Mittwoch.

Henk zögert einen Moment lang und nickt dann. Ich gehe gleich zu ihm rüber. Es ist besser so, fühlt er. Kein Fotoapparat.
Er erläutert dem Dekan seine Tischvorlage zum Tagesordnungspunkt zwei. Studienreform. Wir müssen einfach neue Modelle erproben, um die Praxis besser zu integrieren, sagt er.
Der Dekan macht ein sorgenvolles Gesicht. Das gibt eine kontroverse Diskussion.
Na hoffentlich. Henk versucht, Tatkraft auszustrahlen. Aber er kommt sich dabei selbst unglaubwürdig vor. Mit einem schiefen Lächeln verläßt er den Dekan.
Vor der Tür seines Büros wartet eine Studentin.Es geht um ihr Examen.
Leider habe ich jetzt keine Zeit. Er verweist sie freundlich auf seine Sprechstunde.
Bitte. In ihren Augen stehen Tränen. Ich weiß nicht, was ich gegen meine Prüfungsangst tun soll. Ich kann nachts nicht mehr schlafen.
Eine ganze Stunde lang bleibt sie bei ihm. Sie breitet ihr halbes Leben vor ihm aus. Immer wieder bricht sie ab und starrt ihn erschreckt an: Mein Gott, das kann Sie doch alles gar nicht interessieren. Jedesmal zwingt sie ihn damit zum Widerspruch.
Schließlich nimmt er seine Notizen vom Schreibtisch, schiebt sie in die Aktentasche und greift nach seinem Mantel. Ich muß jetzt los.
Als er über den Hof zum Parkplatz geht, sieht er die Studentin vergnügt lachend in einer Gruppe mit anderen Frauen stehen. Irgendwie ärgert ihn das.
Sie hat mich benutzt, sagt er sich, während er nach Hause fährt. Ich war ihr Mülleimer.
Annabells Mutter hantiert wieder in der Küche. Seit Bonselts Tod lebt sie bei ihnen. Insgeheim hofft Henk, daß sie sich doch noch entscheidet, zu ihrer Schwester ins Tessin zu ziehen. Aber er mag sie auch gern und will sie nicht drängen.

Ich habe dir deinen Anzug aus der Reinigung geholt, ruft sie ihm zu.
Vielen Dank, Selma. Henk geht in sein Arbeitszimmer. Im Garten sieht er Annabell. Sie harkt das alte Laub aus ihren Rosenbeeten. Heute abend sind sie bei Strecker eingeladen.
Er versucht, an seinem Aufsatz weiterzuarbeiten. Er schreibt ein paar Sätze, starrt sie an und zerknüllt das Papier. Was ist los mit mir? Sein Blick fällt auf das zweite Bord des Bücherregals, auf dem seine Veröffentlichungen stehen. Ich habe doch alles erreicht, denkt er.
Er zieht sich um. Vor dem Spiegel im Badezimmer bindet er sich die Krawatte. Annabell kommt herein. Laß mal, ich helfe dir. Sie lächelt ihn liebevoll an und schlingt ihm den Knoten. Ihr Gesicht ist seinem dabei sehr nah. Das macht ihn befangen.
Streckers Haus ist hell erleuchtet. Seine Söhne begrüßen die Gäste und nehmen ihnen die Mäntel ab. Strecker steht in der Halle. Er unterbricht sofort sein Gespräch und kommt mit ausgebreiteten Armen auf Henk und Annabell zu: Wie schön, daß Sie gekommen sind!
Henk holt sich einen Rotwein und wechselt ein paar Worte mit Streckers Frau. Er stellt sich zu einer Gruppe, die über einen Film spricht, den er nicht gesehen hat. Er täuscht Aufmerksamkeit vor und überlegt dabei, wann er wieder nach Hause fahren kann. Zwei Stunden muß er mindestens bleiben, wenn er nicht auffallen will.
Jeder hier wird das gleiche denken, fällt ihm plötzlich ein. Es darf nur nicht ausgesprochen werden. Diese Abendveranstaltungen leben alle von der Lüge.
Gefällt es Ihnen ein bißchen? fragt Strecker im Vorbeigehen.
Sehr, sagt Henk gehorsam. Es ist nicht allein die Lüge, weiß er dabei. Es ist auch der Mangel an Einsicht, eine ausgeprägte Kurzsichtigkeit. Keiner erkennt, daß die Lüge natürlich wechselseitig ist.

Wie schade, daß Sie schon gehen. Strecker schüttelt Henk zum Abschied die Hand.
Ja, leider. Ich muß. Henk nickt anerkennend. Sie sind ein wunderbarer Gastgeber. Wenn mein Pflichtgefühl nicht wäre, ich würde Ihr Haus überhaupt nicht mehr verlassen.
Strecker lächelt geschmeichelt. Aber Henk ist nicht sicher, ob er ihm das Lob auch wirklich glaubt.
Auf der Heimfahrt fragt er Annabell: Und? Hast du Spaß gehabt?
Spaß? Annabell stöhnt. Wie kommst du darauf?
Na also, denkt Henk.
In der Nacht kann er nicht einschlafen. Er liegt im Bett und hat das Gefühl, daß seine Beine zucken. Er steht auf und geht leise an Annabells Zimmer vorbei, um sie nicht zu wecken. In der Küche trinkt er ein Glas Wasser. Lange sieht er aus dem Fenster in die Dunkelheit hinaus.
Am nächsten Morgen fährt er schon sehr früh in die Universitätsklinik. Vor den Operationen macht er Visite. Umgeben von seinen Mitarbeiterinnen geht er den Flur der Station entlang. Plötzlich hat er einen Schweißausbruch. Er bleibt stehen und sagt gequält: Klemmen Sie mich doch nicht immer so ein.
Du mußt dich zusammennehmen, fordert er von sich selbst und untersucht dabei eine Patientin auf Zimmer sechs.
Nachmittags trägt ihm ein Assistent Laborergebnisse vor. Mehrmals fügt er dabei ein: Wenn ich dann fortfahren darf. Henk unterbricht ihn böse: Fahren Sie, aber ganz weit weg bitte.
Der Assistent starrt ihn erschrocken an.
Henk versucht zu lächeln: Entschuldigen Sie, ein dummer Scherz.
Er bemüht sich, aufmerksam zuzuhören. Trotzdem fängt er an, Landschaften auf das vor ihm liegende Thesenpapier zu malen.
Der Assistent bringt seinen Bericht nur stockend zu Ende.
Ich glaube, ich bin ein bißchen überarbeitet. Henk legt seine

Hand vertraulich auf den Arm des Assistenten. Vielleicht schaffe ich es, mir ein paar Tage freizunehmen. Einfach schwänzen, wissen Sie, wie früher in der Schule.
Machen Sie das doch. Der Assistent ist wieder ganz entspannt. Sie haben wirklich jedes Recht dazu. Schon in der Tür stehend zwinkert er noch mal kumpelhaft. Und gute Erholung.
Mit der Sekretärin geht Henk im Institut die Termine der nächsten Tage durch. Alles läßt sich umordnen. Er seufzt zufrieden: Morgen früh fahre ich heimlich nach Italien.
Die Sekretärin legt verschwörerisch den Finger auf ihre Lippen: Pssst. Keiner soll es erfahren. Ich schweige wie ein Grab.
Ganz allein und ganz in Ruhe, sagt Henk am Abend zu Annabell. Das wird mir guttun.
Sie besteht aber darauf, ihn zu begleiten. Kämpferisch sieht sie ihn an: Abgemacht?
Er will keine lange Auseinandersetzung haben und sagt nur: Gut.
Bonselt hat das Gärtchen des Hauses mit Zitronenbäumen und einer kleinen weißen Mauer anlegen lassen. Concetta, eine Witwe aus dem Dorf, pflegt seit über dreißig Jahren die Pflanzen und besorgt das Haus.
Sie steht in ihrem rotgeblümten Schürzenkleid in der Tür, als Henk mit Annabell ankommt.
Wie geht es? fragt er sie.
Sie lächelt: Es geht so dahin, Herr Professor, einfach so dahin.
Henk sitzt den ganzen Nachmittag über im Liegestuhl unter dem großen Olivenbaum und sieht aufs Meer. Immer wieder muß er an das wehmütige Gesicht von Concetta denken.
Gegen abend geht er am Strand spazieren. Er trifft auf zwei Kinder, die Muschelschalen sammeln. Er hilft ihnen dabei und läßt sie auf seinem Rücken reiten. Er fühlt sich wohl.
Es ist nichts weiter, stellt er zufrieden fest. Eine vage Irritation. Die menschliche Seele ist eben sehr komplex.

Es ist schon dunkel, als er nach Haus kommt. Er macht ein Feuer im Kamin, trinkt Rotwein und schaut den Flammen zu, bis das Holz heruntergebrannt ist und nur noch die Asche glüht. Ohne Licht zu machen, geht er in sein Schlafzimmer.
Er liegt im Bett und hört, daß seine Tür geöffnet wird.
Annabell? fragt er und richtet sich auf. Was ist?
Sie kommt auf ihn zu, und er sieht, daß sie nackt ist. Er hat einen Moment lang Angst und will ihrem Körper ausweichen. Er verbietet sich die Bewegung, schließt die Augen und zieht sie zu sich.
In seinem Kopf sind die Bilder vieler Frauen, und er will sie alle haben. Nur fühlen will er, nur Leib und Wärme und keine Worte.
Ich liebe dich, sagt Annabell. Ihre Stimme reißt ihn heraus. Seine Leidenschaft fällt in sich zusammen, und er öffnet die Augen. Sie liegt unter ihm, den Kopf hat sie zurückgebogen, ihre Haut ist schweißnaß, und sie ist ihm ganz fremd.
Ich will sie nicht, denkt er, ich will das alles nicht.
Der nächste Morgen ist sonnig und hell. Henk sitzt im Garten. Die Schatten der Nacht sind verflogen. Er ist befreit und arbeitet an seinem Aufsatz. Eine Behandlung von Verletzungen des Bewegungs- und Stützapparates muß immer in Verbindung mit der Traumaversorgung gesehen werden, schreibt er.
Die bohrende Ahnung, daß in seinem Leben etwas fehlt, das Gefühl von Überdruß und Beengung sind aufgelöst in einer einfachen, alltäglichen Antwort: Seine Beziehung zu Annabell ist ermüdet. Er muß es sich nur eingestehen. Er fühlt noch nicht einmal eine Melancholie über die Vergänglichkeit der Liebe dabei. Annabell war nie eine Erfüllung für ihn.
Um fünf Uhr ruft Selma an. Zu Henks Überraschung hat Raimund sich gemeldet. Selma hat ihm die Urlaubsadresse gegeben.
Ich freue mich, Selma, sagt Henk, sechs Jahre habe ich ihn nicht mehr gesehen, ich freue mich sehr.

Am Telefon ist Raimunds Stimme fast unverändert: Ich besuche dich schnell mal. Ich habe gerade meinen Pilotenschein gemacht und muß sowieso herumreisen, um meine Flugstunden zusammenzubringen. Er will aber nicht in Bonselts Haus kommen. Du wirst das schon noch verstehen, lacht er.
Sie verabreden sich für den Abend in einer Trattoria in der Nähe des Flugfeldes.
Henk erschrickt, als er Raimund sieht. Ein eingefallenes Gesicht, die Blässe der Haut mit Farben überschminkt. Er kennt die Symptome, ein fortgeschrittenes Stadium. Raimund streckt abwehrend die Arme aus, als Henk durch die Trattoria auf ihn zueilt und ihn umarmen will. Laß mal, lächelt er, wir wissen beide noch nicht, wie es übertragen wird.
Raimund lebt in New York. Das Haus und die beiden Bars, die ihm gehörten, hat er vor kurzem verkauft. Schwulenbars, weißt du. Er lächelt wieder.
Viele seiner Freunde sind schon tot. Er selbst versucht, noch einmal alle die zu treffen, die in seinem Leben wichtig waren. Das Wissen um den eigenen Tod macht ihm die Dinge klarer. Die Masken fallen. Ich glaube, ich war nie aufrichtiger als jetzt, sagt er, mein Handeln ist durch die kurze Zeit, die mir noch bleibt, konsequent geworden. Ich tue nicht mehr, was ich nicht will.
Der Wirt möchte die Trattoria schließen. Raimund schiebt ihm ein Bündel Geldscheine über den Tisch und bittet ihn, ihnen für diese Nacht das Lokal zu überlassen.
Der Wirt bespricht sich in der Küche mit seiner Frau, nimmt dann die Geldscheine und geht schlafen.
Henk vertieft sich mit Raimund in die gemeinsame Vergangenheit. Ihm fallen wieder fast vergessene Geschichten ein, Bilder von früher und Gesichter von Lehrern.
Der Morgen kommt schneller, als er es erwartet hat. Der Wirt bringt ihnen Frühstück und ist ganz offenbar erleichtert, daß er

sie richtig eingeschätzt hat und nichts weiter passiert ist. Alte Freunde, sagt er verständnisvoll, haben immer viel zu erzählen.
Henk begleitet Raimund hinüber zum Flugfeld.
Komm, laß uns zum Abschied eine Runde zusammen drehen, sagt Raimund. Die Haare kleben an seiner feuchten Stirn. Die Farben in seinem Gesicht sind verwischt und verlaufen. Das klare Licht des Tages läßt keine Täuschungen zu.
Henk nickt nur und setzt sich neben Raimund in die Sportmaschine.
Du solltest auch fliegen lernen. Raimund wirft den Motor an.
Henk schüttelt den Kopf: Bestimmt nicht, und wenn ich könnte, würde ich es dir auch verbieten.
Die Maschine rollt über das Feld, und er sieht auf Raimunds Hände, die trotz ihrer wächsernen Durchsichtigkeit etwas Zähes haben.
Ach, sagt Raimund, glaube mir, kurz vor dem Sterben interessierst du dich immer weniger für die globale Krise und nur noch für dich selbst.
Sie steigen auf, und Henk versucht, in der unter ihm liegenden Landschaft Bonselts Haus zu erkennen.
Bist du glücklich? fragt Raimund, als sie wieder auf dem Flugfeld aufsetzen. Ich meine, glücklich, daß du lebst?
Nein. Ohne zu zögern schüttelt Henk den Kopf. Ich möchte gerne etwas verändern. Ich wage es nur noch nicht.
Er steigt aus. Er fühlt, daß es für ein wirkliches Ende keine Abschiedsworte gibt.
Er folgt mit den Augen der immer kleiner werdenden Maschine von Raimund, bis sie sich im Blau des Himmels auflöst.
Durch den Pinienwald geht er zur nächsten Bushaltestelle und fährt nach Hause.
Concetta sitzt auf der Terrasse vor der Küche und putzt Karotten.

Morgen früh reise ich ab, sagt er zu ihr.
Concetta nickt nur: Ich packe Ihnen zwei Gläser Artischockenherzen ein.
Henk setzt sich in den Garten und schreibt weiter an seinem Aufsatz.
Mangiare! ruft Concetta, und er schraubt seinen Füllhalter zu, legt die Papiere zusammen und geht ins Haus.
Am Tisch im Eßzimmer fragt Annabell ihn mit erschrockenem Gesicht: Ist das wahr, du willst schon weg? Warum denn?
Warum, sagt er scharf, hättest du fragen müssen, als ich hergefahren bin.
Er sieht, daß Annabell die Tränen in die Augen schießen, und sie tut ihm leid. Er lächelt sie beruhigend an: Ich habe einfach wieder Lust zu arbeiten.
Annabell schweigt, aber als Concetta den Fisch hereinbringt, sagt sie gefaßt und freundlich: Ich reise morgen mit meinem Mann. Henk streichelt kurz ihren Arm.
Am Abend fährt er noch einmal in die Trattoria. Der Wirt begrüßt ihn wie einen vertrauten Gast.
Henk trinkt an der Theke Grappa und scherzt mit zwei Landarbeitern über die vielen Fremden, das Wetter und das Altwerden. Als die beiden erfahren, daß er Arzt ist, zeigt der eine ihm seinen Daumennagel – schwarz und stark verholzt. Wird immer schlimmer, sagt er.
Henk schreibt ihm eine Tinktur gegen Pilzerkrankungen auf, die er sich in der Apotheke kaufen soll. Dankbar schüttelt der Landarbeiter ihm die Hand und lädt ihn ein, ihn zu besuchen. Er wohnt in der Stadt am Bahnhof.
Am Bahnhof? wiederholt Henk nachdenklich und sagt dann, einem plötzlichen Einfall folgend, er selbst sei eigentlich gerade auf dem Wege dorthin.
Der Landarbeiter bietet ihm an, ihn auf seinem Motorroller mitzunehmen.

Sie fahren los, und Henk friert im Fahrtwind. Die Nächte sind noch kühl.
Er geht durch die kleine Halle auf den Bahnsteig und setzt sich auf eine Bank. Während er darauf wartet, daß ein Zug ankommt, sieht er auf die Gleise und stellt sich vor, wie er sie fotografieren würde. Die Wirklichkeit abbilden, denkt er und empfindet dabei ein merkwürdiges Gefühl des Friedens.

Hier, ich habe es schnell holen lassen. Die Sekretärin reicht Laura eine illustrierte Wochenzeitschrift und geht wieder aus dem Büro.

Laura überfliegt den Bericht. Sie wird als eine Frau mit einem untrüglichen Sinn für große Kinostoffe beschrieben, die schnelle und sichere Entscheidungen treffen kann. Ihr Gefühl für das Wesentliche sei ihr eigentliches Kapital. Es folgt ein Zitat von ihr: Das Wesentliche ist immer ein Traum von der Vollkommenheit. Ein ganzseitiges Foto zeigt sie bei Dreharbeiten zu dem Film »Die letzte Station«. Sie steht ganz alleine auf den Gleisen, die hinter ihr in die flache, tote Landschaft hinein weiterlaufen, bis zum Horizont. Ihre Haare sind vom Wind zerzaust, und ihre Stiefel sind schmutzig. Der Erfolg hat nur eine Mutter, heißt die Bildunterschrift.

Es ist schon viel Dümmeres über dich verfaßt worden, sagt Jan am Abend. Und selbst wenn der Satz nicht von dir ist, er könnte von dir sein.

Wirklich? fragt sie. Rede ich so?

Ja, nickt er, manchmal.

Sie sitzt an dem spanischen Bauerntisch in Jans Küche, trinkt Mineralwasser und sieht zu, wie er die Bratkartoffeln für sie in der Pfanne wendet.

Vielleicht kaufe ich doch noch mal einen Roman von dir, sagt sie boshaft.

Sie weiß, daß Jan seine Bücher für unverfilmbar hält und stolz

darauf ist. Er will klare Grenzen zwischen den verschiedenen Ausdrucksformen haben. Für ihn ist ein Text, der nicht mehr gelesen werden muß, weil er sich ohne Verluste auch filmisch zeigen läßt, ebenso unvollkommen wie ein Tanz, der nicht mehr getanzt wird. Sie versteht den Anspruch und achtet Jan eigentlich auch dafür, daß er ihn nicht aufgibt, aber für sie selbst ist die Zeit der klaren Kunstgrenzen schon längst vorbei.
Leider, sagt sie, läßt sich heute alles in jedes verwandeln.
Jan nimmt einen Teller aus dem Schrank: Man muß das eben aufhalten.
Sie sieht Jan mit seinem Bratenwender in einer Arena, das Publikum lacht und gröhlt, der Imperator hält den Daumen nach unten, das Gitter wird hochgerissen, und die Löwen stürzen sich auf Jan.
Sie wehrt die Vorstellung ab. Immer malt sie sich solche furchtbaren Szenen aus.
Jan füllt ihren Teller, und sie lächelt: Heimlich bist du ein Märtyrer.
Während des Essens erzählt sie, daß Karo sich scheiden lassen will. Sie ist schon wieder dicker geworden, aber wenn ihre beiden Töchter ihr deswegen Vorhaltungen machen, wird sie ärgerlich. Für wen sollte ich schön sein? hat sie traurig gefragt, ohne eine Antwort darauf zu erwarten.
Jan räumt das Geschirr weg, und Laura schreibt ihm die beiden Telefonnummern auf einen Zettel, unter denen sie morgen in London zu erreichen ist.
Sie reist nie, ohne Jan solche Zettel zu hinterlassen. Es ist keine lästige Pflicht, sondern ein Ritual, das ihr wichtig ist. Für den Notfall, lautet die Redewendung, die sie dabei gebraucht. Sie hat immer Angst, daß ein solcher Fall eintreten könnte. Eine Sirene heult, das Blaulicht eines Krankenwagens zuckt, Menschen drängen sich um den Unfallort, ein Arzt kniet am Boden, irgendwo liegt unbeachtet Jans Brille, ein Glas ist zerbrochen.

Das Bild von dieser Brille kann Laura in Panik versetzen. Hat sie Jan mehrmals vergeblich angerufen, taucht es in ihr auf. Mit einiger Überwindung fragt sie schließlich bei der Frau nach ihm, mit der er gerade ein Verhältnis hat. Ist er auch dort nicht, sieht sie nur noch das Bild vor sich. Sie kann nicht mehr arbeiten. Erst wenn Jan sich meldet, verschwindet seine zerbrochene Brille wieder aus ihrem Kopf, und mit der Erleichterung darüber kommt eine tiefe Müdigkeit über sie.

Jan begleitet sie durch den kleinen Park nach Hause. Vor einer Reise, ganz gleich, wie lange sie dauert, will sie immer in ihrer eigenen Wohnung schlafen. Es ist eine ihrer Gewohnheiten, über die nicht mehr gesprochen werden muß.

Im Park gibt es keine Laternen, es ist dunkel und kühl. Auf einer Bank hinter dem noch winterlich verschalten Brunnen liegt ein Liebespaar. Laura erschrickt, als sie die helle Haut erkennt, verbietet sich, noch einmal hinzusehen und geht schneller.

Da waren welche, sagt sie zu Jan, und im gleichen Augenblick ist ihr der Ton ihrer Stimme unangenehm. Sie redet wie eine, die hinter der Gardine steht und die Nachbarn beobachtet.

Jan beruhigt sie: Warum solltest du nichts darüber sagen dürfen, wenn zwei im Park bumsen? Du bist manchmal so streng mit dir.

Als Laura in ihre Wohnung kommt, klingelt das Telefon, nur einmal. Wenn sich nicht einfach nur jemand verwählt hat, muß es gleich wieder klingeln. Sie hat das Zeichen mit Jan, Moll und Baba verabredet.

Sie geht hinüber zum Telefon, wartet und hebt gleich ab. Es ist Moll.

Er berichtet über die geplante Zweigniederlassung in Polen. Die Löhne sind Wahnsinn, sagt er, aber man muß natürlich die Transportkosten dazurechnen.

Moll hat einen Schreinereibetrieb, und sein besonderes Steckenpferd ist der Bau hölzerner Wendeltreppen. Laura findet, daß er über den sanften Schwung eines Geländers so begeistert reden kann wie ein junger Schauspieler über seine erste Hauptrolle.

Bist du nächsten Mittwoch da? fragt er. Ich komme wegen der Messevorbereitung und könnte dich am Abend sehen.

Ja. Aber willst du dir diesmal nicht doch lieber ein Hotel nehmen?

Eher lasse ich mich scheiden. Moll lacht erst und räuspert sich dann. Du bist meine Seele. Das wird immer so bleiben, und wenn es nötig ist, schreie ich ihr das auch ins Gesicht.

Er lebt seit zwei Jahren mit einer Lehrerin zusammen, die sich an seine Beziehung zu Laura noch immer nicht gewöhnt hat. Schon die regelmäßigen Anrufe sind ihr unverständlich. Aber wirklich verletzt fühlt sie sich, wenn er bei Laura übernachtet. Moll ist allerdings nicht bereit, darüber zu verhandeln.

Es wird wieder Streit geben, warnt Laura. Moll geht darauf gar nicht ein. Ich bin um sieben bei dir. Und ich hab dich lieb. Er legt auf.

In der Nacht schläft Laura wieder schlecht und muß im Traum Rechenaufgaben lösen.

Gegen acht fährt sie mit dem Taxi zum Flughafen. Sie fliegt in letzter Zeit sehr ungern und nimmt, wenn es nur irgend möglich ist, lieber die Bahn.

Beim Starten verkrampft sich ihr Magen, und sie wartet auf den Absturz. Der Aufschrei in den Sekunden des Falls, einige springen von den Sitzen, andere klammern sich aneinander. Das werden ihre letzten Bilder sein, und sie wird sie niemandem mehr beschreiben können. Was soll sie tun im Gefühl des unwiderbringlichen Endes? Laura beschließt, laut zu rufen: Das Leben war schön.

Die Stewardessen beginnen, in der Bordküche zu hantieren, und sie weiß, es ist wieder nichts passiert. Sie schlägt die Zeitung auf und liest das Feuilleton.

Ihr fällt ein, daß ein Maskenbildner sie neulich mit vergleichenden Statistiken von der Flugsicherheit hat überzeugen wollen. Jan saß dabei und hat nur gesagt: Angst ist eben unbelehrbar.
In der Ankunftshalle steht ein Mann und hält auf einem Schild Lauras Namen hoch. Es ist der Chauffeur von Douglas. Laura freut sich über diese Aufmerksamkeit.
Sie sitzt im Fond des Wagens und sieht zufrieden in den Regen hinaus. Immer wenn sie in London ist, regnet es.
Sie betritt den kleinen Konferenzraum, schwere Möbel und dunkelbraune Seidentapete. Douglas eilt ihr entgegen. Liebe Laura. Er umarmt sie kurz und nimmt ihr den Mantel ab.
Er hat sich verändert, denkt sie erstaunt. Seine dichten Haare sind plötzlich fast weiß geworden. Vor einem Monat waren sie noch grau.
Sag: also, Laura. Douglas lächelt sie an. Er beginnt nie mit dem üblichen Geplänkel, das sie von den anderen gewöhnt ist. Allgemeine Gedanken zur Weltlage werden ausgebreitet, und man spricht über die Oper in Verona. Sie mag diese zeitraubenden Versuche nicht, eine Privatheit herzustellen, die eigentlich niemand haben will. Aber es scheint die geheime Spielregel zu gelten, daß der Zweck eines Treffens anfangs verschleiert werden muß. Immer häufiger ärgert sie sich darüber. Sie hat in letzter Zeit auch mehrmals versucht, in solche Spiele einzugreifen. Allerdings hatte sie dabei das Gefühl, daß ihr ihre Ungeduld, zum Thema zu kommen, als Kälte und Herrschsucht ausgelegt wurde.
Mit Douglas gibt es diese Scheinhaftigkeiten nicht. Er nennt immer gleich klare Zahlen und spricht ohne Umwege und Schnörkel über seine Angebote und seine Forderungen. Er ist dabei gelassen und bestimmt.
Laura bewundert die Ruhe, die er ausstrahlt, und wünscht sich oft, daß sie mit anderen Menschen ebenso großzügig und verbindlich wäre wie er.

Sie sieht ihn an, während er ihr seine Vorstellungen über die Verteilung der Herstellungskosten erläutert. In der rechten Hand hält er locker eine Zigarette. Das neue Weiß seiner Haare verleiht ihm fast etwas Ehrwürdiges.

Beim Abschied sagt Laura zu ihm: Es ist immer ein Vergnügen, mit dir zu arbeiten. Du bist so angenehm professionell.

Er küßt ihre Hand und lächelt: Weißt du, das gleiche wollte ich gerade zu dir sagen.

Sie fühlt, wie sie vor Freude rot wird. Sie sieht Douglas an und muß lachen.

Also. Er macht eine Pause. In seinen Augen liegt ein Glanz von Trauer. Jetzt begleite ich dich einfach noch zum Flughafen.

Erzählst du mir eine Geschichte? fragt er unvermittelt auf der Fahrt.

Sie beginnt, ohne zu zögern, ein Märchen über einen Kettenhund zu erfinden. Im Spiegel begegnet sie den Augen des Chauffeurs, auch er hört ihr zu. Es regnet immer noch.

Sie ist fast enttäuscht, als das Auto vor der Abflughalle hält.

Wir werden noch viele Koproduktionen zusammen machen, sagt sie beim Aussteigen zu Douglas.

O ja! Er nickt, aber sein Gesicht ist einen Moment lang ganz schlaff.

Während des Fluges laufen ihr Bilder aus der Vergangenheit durch den Kopf. Douglas mit seinem gelben Schal und einer Margerite. Über die Trennung damals hat sie nie wieder mit ihm gesprochen. Wenn sie ihn das nächste Mal trifft, wird sie ihn danach fragen.

Als sie nach der Landung auf den Ausgang zusteuert, vor dem die Taxis stehen, hält Jan sie fest. Sie weiß, was es bedeutet, wenn er sie vom Flughafen abholt. Er hat einen schlechten Tag gehabt, hat nicht schreiben können, zweifelt an den schon vorliegenden Seiten und an sich selbst.

Sie legt den Arm um ihn: Chaos und Anarchie? Kann ich dir helfen?
Jan schüttelt den Kopf: Nein, aber wenn es dir recht ist, schlafe ich heute bei dir.
Morgens um halb neun fährt sie in ihr Büro.
Im Auto ist sie wieder aggressiv. Sie wehrt sich dagegen und findet es lächerlich, daß sie fremden Menschen Böses wünscht, nur weil sie ihr zu langsam oder zu schnell fahren, einparken oder bremsen.
Laß das endlich, sagt sie laut zu sich selbst.
Aber schon eine Minute später hat sie die gleiche Regung. Die Impulse entziehen sich einfach ihrem Willen. Sie hat schon mehrmals ernsthaft darüber nachgedacht, was da aus ihr herausdrängt, völlig unkontrolliert. Vielleicht ist es ein nötiger Ausgleich für die Beherrschung, die sie normalerweise hat. Irgendeine Ableitung negativer Energie, die sie sich in dieser bedeutungslosen Situation verschafft, in der sie unbeobachtet ist.
Sie rollt in die Tiefgarage, denkt dabei an die Verabredungen, die sie heute hat, und an die neuen Preise des Kopierwerks. Plötzlich fällt ihr Baba ein.
Baba steht im Garten an den Rosenbüschen und schneidet mit einer großen Schere die Äste ab, die nicht treiben. Jan ist deine Basis, sagt sie, ja, Liebe natürlich auch, aber was ist mit der Leidenschaft?
Laura zupft an dem dunkelblauen Bezug des Korbsessels: Sie fehlt mir nicht.
Baba wendet sich fast empört zu ihr um. Das lügst du jetzt, sagt sie streng, die Leidenschaft... Sie bricht ab, weil ihr Sohn kommt und wissen will, ob die Putzfrau wieder an seinem Computer herumgewischt hat.
Ich muß mit ihr reden, nimmt sich Laura vor, während sie aus dem Fenster ihres Büros auf den Bahnhofsplatz hinuntersieht.
Sie mag den Blick sehr, er regt sie zum Denken an. Das bewegte

Leben ist da, aber doch sehr weit entfernt, überschaubar als Ganzes, und die Geräusche dringen auch nur wie die Tonkulisse einer Totalen herauf. Immer zieht es sie als erstes an das Fenster, wenn sie ihr Büro betritt, und sie würde dort auch gerne länger stehen und schauen. Sie hat die Vorstellung, daß ihr Gesicht dabei dem eines Kindes ähnelt, das versonnen vor einem Ameisenhaufen sitzt.
Die Sekretärin stellt einen Anruf von Douglas durch. Laura ist überrascht und weiß nicht, welches Problem aufgetreten sein könnte.
Entschuldige bitte, sagt er, ich habe ein merkwürdiges Anliegen. Die Geschichte von dem Kettenhund, könntest du sie mir noch mal erzählen?
Komisch, denkt sie, lacht aber ins Telefon und erfüllt Douglas seine Bitte.
Die Nachricht seines Todes erreicht Laura am nächsten Tag. Ein tragischer Unfall in einem U-Bahnhof.
Douglas im grauen Anzug, im Gedränge zwischen Hausfrauen mit grell bedruckten Einkaufstüten, ganz vorn an der Bahnsteigkante. Der Zug fährt ein, und Douglas stürzt.
Sie sieht die Sekundenbruchteile seines Fallens in unendlich verlangsamter Zeitlupe vor sich: Die weißen Haare heben sich sanft beim Aufprall des Kopfes auf die Gleise, fallen langsam wieder zurück, und der Zug schiebt sich in sie hinein.
Laura weint und wünscht sich, sie hätte seine Einsamkeit besser verstanden.
Er wollte es so, denkt sie schließlich und sieht hinunter auf die schwarze Halle des Bahnhofs.

Er spricht im Doktorandenkolloquium über Hauttransplantationen bei Kindern. Der Seminarraum liegt zum Hof hin und hat schon Schatten, aber es ist trotzdem noch heiß. In der Kastanie singt eine Amsel.
Leider, sagt er mit einem Blick auf seine Armbanduhr, muß ich heute pünktlich weg.
Er eilt hinüber in sein Büro. Während die Sekretärin ihm einen Wagen ruft, blättert er schnell noch die Unterschriftenmappe durch. Seinen Vortrag über praxisorientierte Medizin kann er sich gleich auf der Fahrt noch einmal ansehen.
Kurz vor fünf sitzt er ungeduldig im Taxi. Der dichte Verkehr behindert sich selbst und geht nicht voran. Es riecht nach Benzin und heißem Teer.
Vielleicht laufe ich lieber, sagt er zum Taxifahrer.
Der nickt nur: Wie Sie wünschen, sechs achtzig.
Henk zahlt und will aussteigen. Direkt vor der Taxitür steht eine junge Frau mit ihrem Fahrrad. Sie trägt sehr kurze weiße Hosen, und er könnte durch das geöffnete Autofenster hindurch ihren Schenkel berühren.
Bitte, sagt er entschuldigend zu ihr.
Sie schiebt ihr Fahrrad nach vorn und lacht ihn an: Zu Fuß ist es wirklich schneller.
Sie ist jung, blond und unbefangen, ihr Gesicht ist verschwitzt. Sabrina. Er fühlt ein dünnes Pochen in seiner Stirn. Wollen wir ein Eis essen? fragt er sie, ohne zu überlegen.

Einen Moment lang ist sie überrascht. Ihr Blick prüft ihn. Warum nicht? Sie wirft die Haare aus der Stirn. Er hat bestanden. Wen hat sie gesehen? Henk würde es gerne wissen.
In dem kleinen Café sind die Jalousien heruntergelassen. Es ist halbdunkel, und ein Ventilator surrt an der Decke. Sabrina hat ihre nackten braunen Arme auf den kühlen Marmortisch gestützt, ein Träger ihres gelben Seidenhemdes ist ihr über die Schulter gerutscht, und er möchte danach greifen.
Ich muß mal anrufen, sagt er und geht hinüber zum Telefon an der Theke.
Dem Tagungsleiter im Ärztehaus teilt er nur mit, daß er unglücklicherweise in einen Verkehrsstau geraten ist und sein Vortrag deshalb ausfallen muß. Er läßt ihm keine Zeit, Vorschläge zu entwickeln, legt einfach auf und wundert sich über sich selbst. Mit welcher Leichtigkeit er lügen kann.
Zögernd steht er noch einen Moment lang vor dem Telefon, wählt dann die Klinik an und sagt ohne Nennung von Gründen auch die Teambesprechung am Abend ab.
Sabrina erzählt von der Filmfirma, in der sie arbeitet, und beschreibt dabei auch Laura. Die ist wirklich erfolgreich, sagt sie bewundernd, und außerdem sieht sie für zweiundvierzig noch toll aus.
Henk spürt einen kleinen Stich. Er lächelt Sabrina an: Ich bin genauso alt.
Sie macht eine wegwerfende Handbewegung: Bei Männern ist das doch nicht das gleiche. Sie lächelt. Männer sind anders.
Ich könnte ihr Vater sein, denkt Henk. Er beugt sich zu ihr vor. Ich muß aufpassen, sagt er bedeutungsvoll, in deinen Augen ist ein Feuer, an dem ich mich leicht entzünden könnte.
Schön. Sie lacht ausgelassen, ohne Spott.
Er fühlt etwas in sich singen, ein Zustand, den er lange vermißt hat, ohne wirklich danach zu suchen. Er sieht auf Sabrinas Mund. Die Eiswürfel klirren in ihrem Glas, während sie trinkt.

Er spricht über seinen Beruf, seine Aufgaben. Sie hört ihm fast andächtig zu und verlockt ihn dadurch, die Bilder üppiger zu entwerfen, als er selbst sie sieht.
Kinder? fragt Sabrina.
Nein. Er unterdrückt den Impuls, ihr mehr zu sagen. Meine Ehe ist überhaupt nur auf einer erfundenen Schwangerschaft begründet. Das nicht. Er will Annabell nicht einfach ausliefern.
Das Café schließt um acht. Henk zahlt und gibt ein großzügiges Trinkgeld. Er geht mit Sabrina hinaus in den Sommerabend.
Was machen wir jetzt? Er ist erwartungsvoll.
Sie muß nach Hause, eine Freundin kommt.
Er ist enttäuscht, er will nicht, daß sie schon geht, er will sie halten.
Nein, sagt sie vergnügt, ich werde nicht absagen. Wenn dir etwas an mir liegt, können wir uns morgen wiedersehen. Um fünf hier im Café.
Sie geht zu ihrem Fahrrad, das an der Hauswand lehnt, beugt sich hinunter und öffnet das Schloß. Ihr Hemd rutscht nach oben und gibt ein Stück ihres Rückens frei.
Mir liegt viel an dir, sagt er schnell. Ich werde da sein.
Sie richtet sich auf, das Fahrradschloß in der Hand. Sie strahlt ungläubig: Wirklich?
Er tritt ganz dicht an sie heran, nimmt ihr Gesicht in seine Hände und küßt sie. Hinter ihm hupt ein Auto, und der Fahrer schreit heraus: Schmeckt's denn?
Henk lacht. Ja, ruft er dem Auto hinterher.
Sabrina steigt auf ihr Fahrrad. Der Sattel zwischen ihren nackten Schenkeln hat etwas Anstößiges. Henk sieht ihr nach.
Als er nach Hause kommt. liegt auf Annabells Blumenbeeten noch das matte, rosafarbene Licht der Abenddämmerung. Henk ist ernüchtert und bedauert seinen Leichtsinn. Er hat heute zwei Termine versäumt, ohne Not, aus einer Laune heraus. Ihm ist auch unwohl bei dem Gedanken, daß ihn Patienten

und Kollegen dabei beobachtet haben könnten, wie er auf offener Straße ein junges Mädchen küßt. Gleich morgen früh wird er im Ärztehaus anrufen, um sich angemessen zu entschuldigen. Zur nächsten Teamsitzung nimmt er ein paar Flaschen Sekt mit. Sabrina wird umsonst auf ihn warten müssen. Er hat keine Adresse von ihr, sonst würde er ihr eine kurze Nachricht zukommen lassen. Ich möchte dich nicht wiedersehen, oder vielleicht: Ein schwacher Moment, es tut mir leid.

Er geht in die Küche und bittet Selma, ihm einen Tee zu machen. Ich muß heute noch lange arbeiten, sagt er im Vorbeigehen zu Annabell. Sie sitzt auf der Terrasse und legt Patiencen.

Bis kurz vor Mitternacht zwingt er sich, ein Seminar und eine Vorlesung vorzubereiten. Er ist verbissen und will sich selbst bestrafen.

Als er am nächsten Morgen aufwacht, fällt ihm als erstes Sabrina ein. Ihr warmer, weicher Mund und ihre Ausgelassenheit.

Er pfeift beim Duschen und fährt gutgelaunt in die Klinik.

Es kommt ihm vor, als hätte er in den letzten Jahren die Welt nicht mehr wirklich wahrgenommen. Das Gesicht des Pförtners, die Sessel in der kleinen Halle, der Aschenbecher und die Streichholzschachteln auf dem Tisch: Alles hat für ihn plötzlich eine einmalige Geschichte, die es wert ist, erzählt zu werden. Das Leben ist Veränderung, denkt er, ich sollte es zulassen.

Er bittet die Sekretärin, seine Abendverabredung mit der Fachschaft auf einen anderen Tag zu verlegen. Familienangelegenheiten, sagt er erklärend zu ihr.

Um fünf ist er im Café. Sabrina kommt. Sie trägt ein hellblaues, fast durchsichtiges Kleid, und er ist überrascht davon, wie schön sie ist.

Sie lacht ihn an: Ich hätte nicht gedacht, daß du wirklich kommen würdest.

Er steht auf und zieht sie an sich. Ihre Haut riecht nach Vanille und Oleanderblüten.

Laß uns eine Dampferfahrt machen, schlägt er ihr vor, einem plötzlichen Einfall folgend.
Wo? fragt sie neugierig. Hier gibt es doch gar keine Dampfer.
Wir suchen uns welche, sagt er übermütig und berauscht von seinen eigenen Gefühlen.
Er fährt mit ihr bis zur Endstation der Stadtbahn. Sie gehen den Weg hinunter zum See. Ich glaube, ich war zwölf, als ich das letzte Mal hier war, sagt er. Es liegen mehr Boote an den Bojen, und der Dampfer hat einen anderen Namen, aber sonst ist für ihn alles wieder erkennbar.
Sie nehmen die große Rundfahrt. Dicht beieinander stehen sie an der Reling. Sabrinas Haare wehen ihm ins Gesicht. Er hat den Arm um sie gelegt, und ihr Körper macht ihn benommen.
Der Dampfer legt an einer Insel an. Er geht mit Sabrina über den Landungssteg. Ihr Kleid flattert im Wind. Dunkle Gewitterwolken haben sich vor die Sonne geschoben. Auf der Hotelterrasse werden die roten Gartenschirme schon zusammengeklappt.
Wir brauchen ein Dach, sagt Henk mit rauher Stimme und sieht sorgenvoll in den Himmel.
Sie lächelt: Wenn wir schon einen Dampfer gefunden haben, dann finden wir bestimmt auch noch ein Dach.
Er vergewissert sich in ihren Augen, daß sie ihn wirklich verstanden hat, nimmt ihre Hand und läuft schnell mit ihr hinüber zum Hotel.
Das Zimmer hat grüne Samtvorhänge, mehr nimmt er nicht auf, denn er stürzt schon in die Leidenschaft.
Erst spät in der Nacht kommt Henk nach Hause. Annabell schläft längst, und er ist froh darüber. Er will sie nicht belügen, aber er spürt auch einen Widerstand dagegen, ihr seine Erlebnisse anvertrauen zu müssen. Im Grunde hat sie gar kein Recht darauf, denkt er.
Vor dem Einschlafen wird ihm klar, daß er bisher auch keine Be-

ziehungen zu Frauen gehabt hat, über die er mit ihr hätte reden müssen. Aber jetzt ist es etwas, was auch sie betrifft. Die stillschweigenden Übereinkünfte des Alltags werden davon berührt. Die Entfernung zwischen ihnen, die schon selbstverständlich geworden ist, hat einen Namen bekommen. Sabrina. Er muß ihn vor Annabell aussprechen.
Er macht noch mal Licht an und stellt seinen Wecker auf sechs Uhr. Annabell steht früh auf, und er will es ihr sagen, bevor er in die Universität fährt.
Es ist ein schöner Morgen. Henk setzt sich zu Annabell an den Eßtisch. Sie trinkt Kaffee und hat sich eine Schallplatte mit Schubert-Liedern aufgelegt.
Oh, sagt sie erfreut und läuft in die Küche, um ihm eine Tasse zu holen. Du frühstückst mit mir.
Er überlegt, wie er beginnen soll, und sucht nach dem ersten Satz. Ich habe jemanden kennengelernt, sagt er schließlich und sieht Annabell an.
Ihr Gesicht erstarrt. Sie legt den Sinn seiner Worte gleich richtig aus. Sie schweigt, nimmt die Zuckerdose, hält sie erst unschlüssig in beiden Händen und wirft sie dann durch die Scheibe des Fensters in den Garten hinaus. Sie fängt an zu schreien, laut und gellend.
Henk entsetzt dieser unerwartete Ausbruch, und er weiß nicht, was er tun soll. Angstvoll und hilflos starrt er Selma an, die im übergeworfenen Morgenmantel ins Zimmer eilt. Selma geht sofort zu Annabell, preßt sie an sich, und das Schreien bricht ab.
Mein Gott, sagt Henk immer wieder, während er Annabell zu ihrem Bett trägt.
Was hast du ihr angetan? flüstert Selma.
Sie wird es dir erzählen. Aber jetzt laß mich mit ihr alleine sein. Bitte, fügt er hinzu.
Selma geht hinaus. Annabell liegt mit offenen Augen da. Sie ist sehr blaß. Er kniet sich neben sie und wartet darauf, daß sie

spricht. Er fühlt sich schuldig und hofft, daß sie ihre Qualen in Worte fassen und hervorbringen kann, damit sie nicht an ihnen erstickt.
Endlich hört er sie leise sagen: Es ist gut, daß die Verlogenheit ein Ende hat.
Sie beginnt zu weinen, und er streichelt vorsichtig ihren schlaff herunterhängenden Arm. Kümmere dich um Mama, sagt sie noch unter Tränen.
Selma sitzt zitternd auf einem Stuhl und starrt die Scherben auf dem Boden an.
Henk legt ihr beruhigend die Hand auf die Schulter: Es geht ihr schon besser. Mach dir keine Sorgen. Sie sollte vielleicht etwas warme Milch trinken.
Sie liebt dich so. Selmas Stimme ist tonlos, und er glaubt, etwas wie Haß um ihren Mund liegen zu sehen. Sie läuft in die Küche.
Annabell hat sich aufgerichtet. Ihr Gesicht hat wieder Farbe. Willst du dich scheiden lassen? fragt sie ruhig.
Nein, sagt Henk, aber am Wochenende will ich mit ihr verreisen. Nach Amsterdam, setzt er schnell hinzu. Das ist kein Ort ihrer gemeinsamen Erinnerungen. Er will Annabell nicht unnötig kränken.
Sie nickt: Du bist rücksichtsvoll.
Selma bringt die Milch. Sie stützt Annabells Kopf und hält ihr wie einem kleinen Kind die Tasse an den Mund.
Warum bedeute ich ihr immer noch so viel? denkt Henk, während Annabell trinkt.
Am Freitag nachmittag ist er mit Sabrina in Amsterdam. Er liegt nackt auf dem Teppich des Hotelzimmers. Sabrina ist im Bad und duscht. Er hört das Wasser leise rauschen und ist erwartungsvoll. Gleich wird sie naß und kühl in seine Arme kommen.
Sein Blick wandert an der Decke neben einer Gipsgirlande entlang und bleibt an einem gelblichen kleinen Fleck haften wie an

einer Botschaft. In seinem Kopf tauchen schmerzhafte Fragen auf: Wie viele Körper waren vor mir schon in diesem Raum? Wessen Augen haben auf den Fleck gestarrt? Wer hat ihn übersehen? Plötzlich ist es ihm peinlich, weiter nackt auf dem Teppich zu liegen. Seine Erwartung ist vorbei. Er steht auf und zieht sich langsam an.

Sabrina kommt aus dem Bad. Er sagt, ohne sie dabei anzusehen: Verzeih mir, aber ich brauche jetzt Bewegung.

Sabrina ist verwirrt über die Zurückweisung ihrer Nacktheit, aber sie läßt ihn gehen.

Mit einem Taxi fährt Henk zum Bahnhof.

Er steht in der Halle und sieht zu, wie die Züge ankommen und abfahren. Seine unruhige Trauer löst sich dabei auf, und er hat den starken Wunsch, den Bahnhof zu fotografieren.

Sabrina ist nicht im Hotelzimmer. Erleichtert füllt er mehrere Schecks aus, ohne den Betrag einzusetzen, und versucht, einen Brief zu schreiben. Er gibt es schließlich auf, weil ihm keine passenden Texte einfallen und er außerdem fürchtet, daß sie zurückkommen könnte.

Er wirft eilig seine Sachen in den Koffer und verläßt das Hotel. Ihm ist bewußt, daß er mit seinem Verhalten gegen alle Regeln verstößt.

Annabell fragt ihn nicht, warum er schon wieder da ist. Sie bringt ihm wortlos einen Tee in sein Arbeitszimmer. Er schläft am Schreibtisch ein.

Sabrinas Anruf weckt ihn auf.

Was bist du nur für ein Mensch? Sie ist empört. Sie will sofort eine Erklärung haben.

Er hat selbst noch keine. Es entsteht eine drängende Pause. Er räuspert sich und sagt einfach: Ich will mit Annabell leben.

So. Sabrina schweigt einen Moment lang. Dann schluchzt sie auf: Ich war nur ein Strohfeuer für dich.

Henk weiß noch nicht einmal, ob sie recht hat.

Hier denkst du dir deine Filme aus, sagt die Mutter stolz und tritt ans Fenster des Büros.
Laura versucht gar nicht erst, sie zu belehren. Sie lächelt nur und denkt: Sie ist eben, wie sie ist. Sie wird sich nie merken können, daß Filme von Autoren ausgedacht werden.
Sie begleitet die Mutter hinaus und dankt ihr noch einmal für ihr Kommen.
Die italienische Porzellanuhr auf Lauras Schreibtisch zeigt schon Viertel vor drei, und sie muß sich beeilen, wenn sie pünktlich im Cinema-Haus sein will. Der Zeitplan darf nicht durcheinandergeraten, sechs Schauspielerinnen kommen für die Rolle der Mörderin, jeweils im Abstand von zehn Minuten.
Staubige Windböen wirbeln in der schwülen Luft, ein Gewitter hat sich zusammengezogen. Laura geht sehr schnell. Der Platzregen bricht los, bevor sie das Cinema erreicht hat. Sie stellt sich unter die Markise eines Herrenausstatters und sieht drinnen im Geschäft Martius, der ihr zuwinkt. Sie winkt beiläufig zurück.
Sie arbeitet nicht mit ihm, obwohl er ein guter Regisseur ist. Er hat ihr zuviel von einem Zirkusdirektor, dadurch macht er die Teams krank, und das kostet Drehtage.
Martius kommt aus dem Geschäft: Ich gebe Ihnen Schutz. Er nimmt den neu gekauften Regenmantel aus der Tragetasche, umfaßt Laura einfach und läuft mit ihr unter dem Mantel los.
Bis zum Cinema sind es nur zwei Häuserblocks, aber die Nähe in den Augenblicken des vergnügten, atemlosen Laufens reicht

aus, um in Laura etwas zu verändern. Martius' Arm, der fest um ihre Schultern liegt, hinterläßt eine Spur. Sie spürt, wie sich ihre Beziehung zu ihm wandelt. Er ist ihr nicht mehr gleichgültig. Sie ahnt, daß sie gerade einen merkwürdigen und folgenschweren Vorgang erlebt: die Entstehung eines Gefühls. Ein Vorgang, den sie nicht willentlich herbeiführen, aber auch nicht mehr rückgängig machen kann. Sekundenschnell ist aus Martius, der keinen Einfluß auf sie hat, ein Mensch geworden, der sie beschäftigt.

Sie läßt ihm noch am gleichen Tage ein Drehbuch schicken.

Der Bote soll es ihm bringen, sagt sie zu Sabrina und diktiert ihr einen kurzen Brief, mit der Bitte um ein baldiges Gespräch, weil die Entscheidung drängt.

Sabrina geht wortlos zu ihrer Schreibmaschine, und Laura sieht erst jetzt, daß sie verweinte Augen hat.

Es ist nichts, wehrt Sabrina Lauras Frage ab. Um ihren Mund entsteht ein Zucken, und Laura will sie nicht weiter aushorchen.

Martius ruft schon am nächsten Morgen an und verabredet gleich um elf einen Termin.

Laura prüft gerade einen Drehplan, als Sabrina klopft und meldet, daß Martius gekommen sei.

Eine Aufregung steigt in Lauras Hals hoch und ihr wird bewußt, wie sehr sie die letzte halbe Stunde auf ihn gewartet hat. Sie würde gerne schnell noch in einen Spiegel sehen.

Sie steht auf, begrüßt Martius und spürt, daß ihre Oberlippe dabei zittert. Alles an ihm ist dunkel, Augen und Haare sind fast schwarz, und seine Haut ist olivfarben.

Er setzt sich und legt das Drehbuch vor sich auf den Tisch. Er trägt schwarze Hosen und ein schwarzes Hemd, enganliegend, ohne Spielraum, ohne Rücksicht auf die sommerliche Hitze.

Gebändigt, denkt sie und sieht auf seine Hände, die genaue, gespannte Bewegungen machen, als wäre ihnen mehr nicht erlaubt.

Der Konflikt, sagt er, ist noch nicht scharf genug herausgearbeitet. Ich verlange mehr Kontur.
Er erläutert an der zwölften Szene des Buches, was er damit meint. Seine Stimme begleitet die Worte wie von einer Kanzel herab. Sie ist öffentlich, nicht allein für Laura, sondern für ein größeres Publikum gedacht. Sie wünscht sich, ihn flüstern zu hören, weich, leise und nur für sie selbst.
Gut. Ihr Ton ist ebenso bestimmt wie seiner. Die Einwände teile ich. Wir werden mit den Autoren über eine neue Fassung reden.
Er nickt, lächelt sie an und steht auf.
Sie weiß, daß Sabrina im Vorzimmer auf dringende Diktate wartet, und fragt trotzdem schnell: Wollen wir noch zusammen essen gehen?
Eine kleine Überraschung ist in seinem Gesicht, und er sagt: Ja, sehr gerne.
Im Fahrstuhl hat sic das Gefühl, daß sie gerade einen Fehler macht. Am liebsten würde sie wieder hinauf in ihr Büro fahren.
Während sie mit Martius durch die Halle zum China-Restaurant geht, verfliegt ihr Unbehagen wieder.
Ich habe mich früh alleine schützen müssen, sagt er und blickt versonnen in die Kerze, die zwischen ihnen auf dem Tisch steht.
Sie empfindet es wie ein Geschenk, daß er ihr, ganz in sich gekehrt, von seiner Kindheit erzählt. Sie hat ein Glücksgefühl und will nicht, daß es aufhört.
Es gab niemanden, der sich vor mich gestellt hätte, sagt er nachdenklich. Schon mit sechs Jahren habe ich nicht mehr geweint.
Der kleine Martius, denkt sie gerührt, in kurzen Hosen, mit weißen Kniestrümpfen, tapfer lächelnd, mit traurigen Augen. Sie fühlt eine tiefe Verbundenheit mit diesem Kind.
Ich glaube nicht, sagt sie mitleidend, daß das eine gute Übung war. Es gibt auch andere Wege, selbständig zu werden.

Vielleicht, aber das war eben meiner, wehrt er sie ab und zieht mit der Stimme eine Grenze.
Während sie auf die Rechnung wartet, baut er an einem Turm aus Bierdeckeln. Sie nimmt ein Zuckerstückchen aus der Dose und wirft es auf den Turm. Er fällt zusammen.
Achten Sie auf das Echo, sagt er, ohne aufzusehen, und baut weiter.
Sie wirft ein zweites Zuckerstückchen, und er sagt noch einmal: Achten Sie auf das Echo.
Sie hofft, daß er nach ihren Händen greifen und sie festhalten wird. Sie wünscht sich diese Berührung und wirft wieder.
Wortlos nimmt er seine Tasse und schüttet ihr den Rest des Kaffees über den rechten Unterarm.
Sie erschrickt, begreift die Bedrohung, weiß einen Moment lang nicht, was sie tun soll, und lacht dann einfach nur.
Er lächelt und trocknet ihr sanft mit der Serviette den Arm ab: Das war das Echo.
Ob er mit Vanna noch zusammen ist? fragt sie sich eine Stunde später auf dem Weg zur Mustervorführung.
Sie sieht ihn vor sich. Er liegt mit Vanna auf einem schwarzen Laken, seine dunkle Hand gleitet langsam über die helle Haut. Sie hat ein quälendes Gefühl dabei und versucht, die Vorstellung zu vertreiben.
Gereizt spricht sie mit dem Regisseur und dem Kameramann über das Licht, das ihr bei den Mustern nicht gefällt.
Aus ihrer Wohnung ruft sie Jan an. Er hört gleich, daß sie schlecht gelaunt ist.
Sie leuchten die Bilder aus, sagt sie, als wollten sie einen Film über die Langeweile drehen, keine Schatten, grauenvoll.
Sonst war aber nichts? fragt er vorsichtig.
Das reicht doch wohl, sagt sie.
Erst nachdem sie wieder aufgelegt hat, wird ihr klar, daß sie ihm etwas verschwiegen hat.

Sie verabredet mit den Autoren, daß sie am Mittwoch zusammen mit Martius zu ihnen kommen wird.
Warum fährst du zu denen raus? fragt Jan sie am Abend besorgt. Das sind doch mindestens zwei Stunden.
Sie gibt mehrere Antworten, aber sie kann noch nicht die richtige geben.
Du, bittet er sie, laß dich wenigstens hinbringen. Du siehst doch in der Nacht nichts auf der Landstraße.
Ich fahre ja mit Martius, sagt sie wie nebenbei.
In Jans Augen blitzt etwas auf. Aha, sagt er gedehnt, und ihr ist das unangenehm.
Ich arbeite schließlich mit ihm, rechtfertigt sie sich.
Klar, sagt er und lächelt.
Vier Uhr nachmittags, die Sonne scheint, es ist heiß, und Laura hat das Schiebedach geöffnet. Noch mitten im Verkehr auf der Ausfallstraße wird Martius' Stimme schon privat.
Laura fühlt sich leicht, und als sie die ersten Kornfelder sieht, begeistert sie die Schönheit der Landschaft.
Vanna versteht oft nicht, daß ich frei sein muß, sagt Martius.
Laura nickt nur nachdenklich und zeigt ihm nicht, daß es diese Botschaft war, die sie ersehnt hat. Sie hat ein starkes Verlangen, seinen Arm zu berühren und denkt voller Freude: Er ist nicht glücklich mit ihr.
Die Autoren wohnen auf einem Seegrundstück in zwei umgebauten Eisenbahnwaggons. Sie erzählen Martius noch einmal die Geschichte der Waggons, die Laura schon kennt.
Am Wasser ist ein Tisch gedeckt, Eiscafé und frischer Pflaumenkuchen.
Über den See blickend lobt Laura die Figuren des Drehbuchs und ihre Führung. Sie endet vorsichtig: Aber vielleicht sind selbst an dieser beeindruckenden Arbeit noch Verbesserungen möglich. Sie weiß, daß ihr Vorgehen Verletzungen und nachfolgende Aggressionen verhindert.

Mit Verwunderung und leichter Sorge hört sie, daß Martius seine Kritik sofort scharf und fast feindlich vorträgt. Er zwingt die Autoren dazu, ihr Buch zu verteidigen und sich auf die Erfolge der Filme zu berufen, die sie schon geschrieben haben. Sie greift ein, beruhigend, glättend, aber er hat es ihr schwer gemacht, die Autoren von der Notwendigkeit einer neuen Fassung zu überzeugen. Es gelingt ihr erst, als es am Wasser schon kühl wird und die Weiden am Ufer im Nachtschatten versinken.
Zirkusdirektor, fällt ihr auf der Rückfahrt ein, aber das Wort löst sich gleich wieder auf.
Sie sind eine faszinierende Frau, sagt Martius. Ich kenne keinen Menschen, der Ihnen ähnlich wäre.
Sie schweigt berauscht und sieht ihn erst an, als er bereits über die Drehzeit der Produktion redet. Die Scheinwerfer der entgegenkommenden Autos beleuchten sein Gesicht und heben für sie sein Profil immer wieder aus der Dunkelheit heraus. Sie würde gerne eine Kamera haben und diese Momente festhalten. Eine Sekunde lang das Profil vor dem Seitenfenster, auf dem Filmstreifen zerlegt in viele kleine Bilder, die alle gleich sind, endlose Wiederholungen eines Augenblicks. In ihrem ganzen Körper fühlt sie die Spannung, in die er sie versetzt.
Hör mal, sagt Jan am Samstag, während er in der Tür des Badezimmers steht und ihr beim Schminken zusieht, wenn du noch kannst, dann tue mir den Gefallen und fange nicht gerade mit Martius was an.
Sie ist sofort ärgerlich: Was soll denn das? Ich gehe zum Filmfest und nicht zu ihm. Plötzlich bedauert sie, daß sie Jan nichts verbergen kann, weil er sie so gut kennt.
Im Spiegel lächelt er sie an: Es ist also schon zu spät.
Er geht an ihren Schrank, nimmt einen schwarzen Anzug heraus und hält ihn ihr hin: Dann ziehe heute aber wenigstens den an, der steht dir nämlich am besten.
Sie ist ihm dankbar für diese Geste. Er ist auf ihre Seite hinüber-

gewechselt, ohne zuvor eine Preisgabe des Verborgenen von ihr zu verlangen.
Paß auf dich auf, sagt er und küßt sie auf die Stirn. Morgen sehen wir uns dann. Er verläßt die Wohnung, und sie fühlt sich freigesprochen.
Laura tanzt unter den Lichtgirlanden im Garten mit Martius, langsam, begehrlich. Plötzlich verändert sich sein Körper. Sie sieht in seine Richtung und erschrickt: Vanna kommt in einem weißen Kleid über den Rasen.
Martius geht ihr entgegen. Laura hört seine Frage, kühl, beherrscht: Was willst du hier? Sie hört auch noch Vannas angestrengten Versuch, heiter zu antworten, dann geht sie schnell ins Haus.
Mit klopfendem Herzen bemüht sich Laura, ein belangloses Gespräch mit zwei Schauspielerinnen zu führen.
Ich habe dich gesucht. Martius lächelt den Schauspielerinnen entschuldigend zu, zieht Laura mit sich, und seine Augen strahlen sie an. Ich hasse solche Auftritte. Ich habe sie einfach in ein Taxi gesetzt und wieder nach Hause geschickt.
Laura ist verwirrt und hofft, daß er mehr sagt. Aber er nimmt nur ihre Hand und flüstert: Komm, das ist unsere Nacht. Wir fahren zu dir.
Wenn er nur die Hand auf meine Schulter legt, sagt Laura am nächsten Tag übermütig, ist es gleich wie Schaudern und Beben zusammen.
Leidenschaft eben, lacht Baba. Sie steht im Badeanzug auf der Leiter, pflückt einen Apfel und wirft ihn Laura zu.
Und Jan? fragt Karo.
Er kann ihn nicht leiden, sagt Laura, aber er gönnt es mir.
Karo bläst sich mit vorgeschobener Lippe die Haare aus der Stirn und seufzt. Das Leben ist ungerecht. Du bist berühmt, wirst sowieso schon von zwei Männern geliebt, und jetzt hast du auch noch einen dritten.

Laura beißt in den Apfel und sagt vergnügt, mit vollem Mund: Nimm, was du kriegen kannst. Es ist der Satz, mit dem Moll sie vorhin am Telefon bestärkt hat.

Am Montag liest Laura im Büro einen Brief der Autoren. Sie wollen keine neue Fassung schreiben und lehnen eine Zusammenarbeit mit Martius ab.

Sie ist fast erleichtert. Diese entschlossene Haltung erspart ihr viele Schwierigkeiten, überstürzte Reisen zu den Drehorten, das Schwanken zwischen zwei Zielen, Tuscheln hinter ihrem Rücken, Verlust ihrer Autorität als Produzentin oder Verlust von Martius. Unheilvolle Verknüpfungen, die nun glücklicherweise gar nicht erst zustande kommen.

Die beiden sind unprofessionell, sagt Martius im Restaurant. Sie können keine Kritik ertragen, für mich sind sie damit gestorben.

Seine Worte und die knappe Handbewegung, die er dabei macht, ängstigen Laura. Sie ist froh, daß gerade der Ober kommt, um die Bestellung aufzunehmen, und Martius dadurch abgelenkt wird.

Er begleitet sie zurück zur Firma und erzählt ihr, daß er mit Vanna wieder eine Auseinandersetzung hatte. Es macht ihn kalt, wenn sie ihm Fragen stellt, die er nicht beantworten will, und ihn in Gespräche verwickelt, zu denen er nicht bereit ist. Ihre Versuche, in ihm nach Wahrheiten zu forschen und ihm Beschreibungen von Gefühlen abzupressen, beengen ihn und führen dazu, daß er sich immer weiter von ihr entfernt.

Laura hört ihm begierig zu. Die ersehnte Trennung von Vanna scheint ihr näherzurücken.

Sie hat mir nichts vorzuwerfen, sagt Martius. Ich wohne immer noch mit ihr zusammen, obwohl sie aus jedem Frühstück ein Verhör macht.

Am Abend sitzt Laura am spanischen Bauerntisch. Das Küchenfenster ist weit geöffnet, und Jan schneidet eine Salatgurke

in Scheiben. Auf dem gegenüberliegenden Dach liegt noch rosiges Licht, und irgendwo spielt jemand auf einer Gitarre.
Jan schüttelt unwillig den Kopf: Er will, daß sie Fehler macht. Was immer sie tut, er wird alles gegen sie verwenden.
Vor Laura taucht das Gesicht von Vanna auf. Die Augen voller Angst und Hoffnungslosigkeit.
Deine Leidenschaft, sagt Jan, macht dich einfach blind den Mitteln gegenüber, die er einsetzt. Er hat eine entsetzliche Art, mit Menschen umzugehen.
Meinst du? fragt sie unsicher und wünscht sich in diesem Moment, daß ihr Martius so gleichgültig wäre wie früher.
Jan dreht sich zu ihr um und lächelt sie beruhigend an: Hab keine Angst, du kannst sowieso nichts mehr machen.
Zum Einschlafen liegt sie in Jans Arm, hört auf seinen Atem und denkt: Sein Leben ist für mich noch kostbarer als mein eigenes. Am Tage seines Todes will ich auch sterben. Das ist die wirkliche Liebe, die nie enden wird, wahrhaftig und rein.
Trotzdem hat sie im Bewußtsein dieser Nähe Sehnsucht nach dem Körper von Martius und den heftigen Gefühlen. Wenn er jetzt nach ihr rufen würde, sie wäre mit einem Satz aus dem Bett und würde zu ihm laufen, ohne nachzudenken, haltlos, angezogen vom Geruch seiner Haut, von seiner Umarmung, seinem Flüstern, seinem Stöhnen.
Sie rollt sich zur Seite, seufzt und schläft ein.

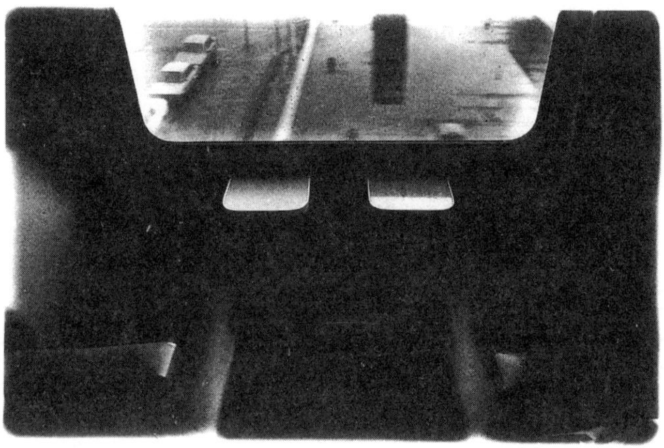

Wie lange arbeiten wir jetzt zusammen? fragt er nachdenklich seine Sekretärin. Sie stellt ihm gerade eine Tasse Kaffee auf den Schreibtisch.

Im November werden es acht Jahre, antwortet sie, ohne zu zögern, und in ihrer Stimme schwingt etwas Stolz mit.

Ja, merkwürdig. Er sieht sie an. Und dabei weiß ich eigentlich gar nichts von Ihnen.

Wie meinen Sie das? Sie ist sofort verunsichert.

Er spürt, daß er auf diese Weise kein Gespräch mit ihr beginnen kann. Er muß es anders versuchen. Er greift nach der Tasse und lehnt sich plaudernd in seinen Sessel zurück.

Wissen Sie, ich bin sehr zufrieden mit Ihnen. Sie sind eine ungewöhnlich schnelle und zuverlässige Kraft, mein guter Geist gewissermaßen.

Er sieht, daß sich auf ihrem Gesicht ein Lächeln ausbreitet, ihre Wangen röten sich. So, denkt er, jetzt wird es gehen. Er macht eine einladende Handbewegung: Setzen Sie sich doch.

Sie setzt sich, zwar noch etwas steif und nur auf die Kante des Stuhls, aber jetzt doch nicht mehr ängstlich, sondern eher erwartungsvoll.

Acht Jahre sind es nun also schon, setzt er an. Da wundert es mich irgendwie, daß ich nach dieser langen Zeit gar nichts darüber sagen könnte, was Sie sich wünschen, was Sie anstreben und erreichen wollen oder wovor Sie vielleicht Angst haben. Über meine Patienten weiß ich schon am ersten Tag eine ganze

Menge, weil das Fragen zu meinen ärztlichen Pflichten gehört. Er macht eine Pause. Ob es nicht schön wäre, wenn ich auch von Ihnen ein bißchen mehr wüßte? Was meinen Sie, wollen wir uns gegenseitig mal etwas aushorchen? Er zwinkert ihr aufmunternd zu.

Sie fängt einfach an zu lachen. Ich bin so überrascht, entschuldigt sie sich.

Henk hört aber heraus, daß sie auch geschmeichelt ist. Sie glaubt ihm sein Interesse an ihrer Person. Er schämt sich fast dafür, daß er sie in Wahrheit nur benutzen will, um über sich selbst nachzudenken.

Während sie ihm von ihren Träumen und Hoffnungen erzählt, würde er sich am liebsten Notizen machen. Er versucht, sich die Schlüsselworte zu merken: Geld, ein Haus mit Garten, die Kinder, sparen, später.

Möchten Sie manchmal auch ganz etwas anderes sein? fragt er. Eine andere Arbeit haben zum Beispiel oder überhaupt ein anderes Leben?

Nein. Sie ist mit ihrer Arbeit zufrieden. Sie wünscht sich keine Veränderung. Es ist abwechslungsreich, und die Lage des Büros ist sehr günstig. Sie kann immer zusammen mit ihrem Mann fahren. Er ist doch Postbeamter, und seine Post ist gleich drüben in der Amarillenstraße, ein Katzensprung, ein Glücksfall sozusagen. Auf dem Nachhauseweg holen sie die Kinder aus dem Hort ab. Das ist noch nicht einmal ein Umweg.

Henk ist enttäuscht. Er hätte Verborgenes erwartet, Unruhe, eine geheime Unzufriedenheit mit Schablonen, die einklemmen und verhindern, die eigene Gestalt zu finden. Wenigstens eine Ahnung davon. Irgendeine Art von Trauer oder Sehnsucht. Es muß doch auch in dieser Frau etwas geben, woran sie leidet.

Haben Sie schon einmal Angst davor gehabt stehenzubleiben?

Sie sieht ihn an, als würde er sie über ihre Meinung zur Todesstrafe oder zu Minoritätenproblemen befragen, den Kopf auf-

merksam zur Seite geneigt, bemüht um eine geistvolle Antwort.
Es hat keinen Zweck. Sie scheint wirklich das Gefühl nicht zu kennen, zurechtgebogen worden zu sein von gesichtslosen Kräften, die in ihr selbst sind.
Henk steht auf: Ich danke Ihnen für Ihr Vertrauen. Er geht um den Schreibtisch herum und schüttelt ihr die Hand.
Sie strahlt ihn an: Von Ihnen fühle ich mich so richtig verstanden.
Was gibt es da zu verstehen? denkt er, während sie wieder zurück ins Vorzimmer geht. Heute abend wird sie ihrem Mann berichten, sie habe ein wichtiges Gespräch geführt. Vielleicht war es das für sie ja auch. Vielleicht ist ihr Leben eben ohne Zweifel. Warum eigentlich nicht? Es könnte doch sein, daß sie einfach in der Welt ist und sich eben nicht dauernd selbst umkreisen muß. Er wird es erforschen. Sie war nur der Anfang. Er hat vor, noch mit vielen anderen zu reden. Menschen, die er kennt, ohne wirklich etwas von ihnen zu wissen. Der Pförtner in der Universitätsklinik, Studentinnen, der Dekan. Wie sehen sie sich selbst? Haben auch sie manchmal das Gefühl, daß der Boden glatt ist?
Henk erledigt schnell noch einige Telefonate. Um vier Uhr muß er bei seiner Mutter sein, sie hat heute Geburtstag.
Er ruft auch Selma an. Sie liegt mit einer Angina alleine zu Hause. Annabell ist schon am Vormittag zum Gratulieren gefahren.
Na ja. Selma hüstelt. Ich bin krank. Mehr ist nicht zu sagen.
Fühlst du dich einsam? fragt Henk.
Was heißt: fühlen? Ich bin ja nun mal einsam. Das sind wir schließlich alle. Selmas Stimme ist ohne Selbstmitleid.
Findest du? Henk ist erstaunt. Er versucht sofort, sie auszufragen.
Sie bricht das Gespräch ab. Laß uns ein anderes Mal darüber streiten, ja? Mein Hals tut mir weh.

Schau mal an, denkt er, während er sich ein Taxi bestellt. Sie hat innere Überzeugungen, die ihm ganz unbekannt sind.

Der Taxifahrer kennt den Weg nicht und gerät versehentlich in das Viertel, in dem Raimund früher wohnte. Es hat sich kaum verändert, nur die Bäume sind größer geworden.

Henk erinnert sich an das Rennrad, das er in diesen Straßen ausprobiert hat, mit einem bohrenden Gefühl von Neid, und an Raimunds enttäuschtes Gesicht, als er es ihm mit einer abfälligen Bemerkung zurückbrachte.

Der Taxifahrer hält: Tut mir leid, ich fahre erst seit zwei Wochen. Er nimmt den Stadtplan aus dem Handschuhkasten und fängt an, ihn zu studieren.

Was haben Sie vorher gemacht? fragt Henk und sieht auf den sorgfältig zusammengekehrten Laubhaufen am Rinnstein. Er weiß noch um das raschelnde Geräusch, das es gab, wenn er mit den Füßen durch das Laub geschlurft ist. Ob ich ihn bitten soll, an Raimunds Haus vorbeizufahren? überlegt er.

Der Taxifahrer faltet den Stadtplan wieder zusammen: Ich war lange krank. Davor war ich beim Bau.

Er wirft Henk einen Blick zu, streng, prüfend: Ich war in Therapie. Er läßt den Motor wieder an und fährt los. Sein Gesicht ist verschlossen, er wird von selbst nichts mehr sagen.

Henk will die Gelegenheit nicht verpassen, etwas zu erfahren. Ich bin Arzt. Warum waren Sie in einer Therapie?

Der Taxifahrer sieht geradeaus und schweigt. Henk erwartet eine Zurechtweisung von ihm: Was geht Sie das an? Auch gut, es ist ihm egal.

Meine Frau hat mich verlassen. Die Stimme des Taxifahrers ist unsicher und leise. Ganz plötzlich. Eines Abends ist sie von der Arbeit nicht mehr nach Hause gekommen. Erst habe ich gedacht, es ist ihr was passiert. Die Polizei hat sie gesucht. Meine Schwester hat die Kinder zu sich genommen. Zu der Zeit bin ich noch beim Bau gewesen. Wir haben alle gewußt, sie ist ermordet worden. Das war auch schlimm, sich das vorzustellen. Immer darauf zu warten, daß sie gefunden wird, irgendwo, in einer Grube, in einem Wald, verstümmelt. Die Familie hat sehr zu mir gehalten. Die Kollegen auch. Sie sind dauernd mit mir ins Kino gegangen, zum Ablenken. Ich war nie so viel im Kino wie damals.

Er schweigt wieder, als hätten die Sätze ihn angestrengt.

Henk wünscht sich, daß er sein monotones Geständnis fortsetzt, und bewegt sich nicht, um ihn nicht zu stören.

Der Taxifahrer spricht nicht weiter. Er fährt nur und hält schließlich vor dem Haus der Mutter. Seine Hände liegen auf dem Steuer, und er blickt auf sie, als wären es nicht seine eigenen.

Nach drei Monaten kam dann eine Postkarte von ihr. Aus Österreich. Er stockt, und Henk sitzt ganz still. Nicht Singapur oder Jamaika. Nein. Aus Österreich. Ich bin durchgedreht. Sie haben es mir nur erzählt, ich weiß nichts davon. Ich muß wohl die Wohnung angezündet haben. Er lacht kurz, resigniert und sieht Henk an: Sie verstehen da ja mehr davon als Arzt.

Henk nickt. Und jetzt? fragt er vorsichtig. Wie geht es Ihnen jetzt?

Der Taxifahrer kehrt mit einem Ruck in die Gegenwart zurück. Er stellt die Uhr ab: Sechzehn achtzig würde es machen, und weil ich mich verfahren habe, sagen wir dreizehn.

Henk hält ihm einen Zwanzigmarkschein hin: Stimmt so.

Der Taxifahrer steckt den Schein weg und seufzt: Ich bin geheilt. Sie sehen ja.

Henk nimmt eine Visitenkarte aus seiner Brieftasche und gibt sie dem Taxifahrer: Wenn Sie mal mit mir reden wollen, rufen Sie mich an, ich freu mich.

Der Taxifahrer lächelt: Ist sonst gar nicht meine Art, das Reden, wissen Sie. Aber es tut irgendwie gut.

Henk steigt aus und geht zur Haustür. Er hört, daß das Auto hin-

ter ihm angelassen wird. Er dreht sich nicht um, aber er weiß, daß der Taxifahrer ihm nachsieht. Er öffnet die Tür, wartet, bis das Taxi sich entfernt hat, tritt dann wieder auf die Straße und eilt um das Haus herum zum Bahndamm. Die Zweige der Schlehdornbüsche verhaken sich in seinem Anzug, als er sich zwischen ihnen hindurchzwängt.
Er steht auf dem Schotter und sieht auf die Gleise. Er würde gerne einfach so stehenbleiben, schauen und nichts denken, aber sie werden oben schon auf ihn warten. Entschlossen reißt er sich los, geht zurück zum Haus, steigt hinauf zum fünften Stock und klingelt.
Wie schön du den Kaffeetisch gedeckt hast, sagt er zur Mutter und legt den Arm um ihre Schulter.
Das war doch sie. Die Frau von Fiz deutet auf Annabell. Sie kann das wirklich. Ich wünschte, sie würde es mir beibringen. Aber man braucht einfach ein künstlerisches Talent dafür.
Ach was, wehrt Annabell ab und stellt die Schlagsahne auf den Tisch. Sie setzt sich Henk gegenüber zwischen die beiden Kinder von Fiz, die mit dem Tortenheber herumalbern.
Er sieht Annabell an. Wie schmal sie ist, denkt er überrascht. Er beugt sich freundlich zu ihr vor und zeigt auf ihre Halskette. Steht dir sehr gut. Ist die neu?
Annabell antwortet nicht. Henk glaubt, ein Erschrecken in ihrem Gesicht zu sehen. Die Mutter stößt ihn unwirsch an.
Herrgott, das ist dein Hochzeitsgeschenk, sagt sie vorwurfsvoll. Das wirst du doch wohl nicht vergessen haben.
Fiz lacht los, es klingt schadenfroh.
Jedenfalls wäre es typisch für ihn, sagt die Frau von Fiz. Arme Annabell, fügt sie hinzu.
Annabell setzt sich zurecht und lächelt überlegen in die Runde: Ihr müßt wissen, das ist ein ganz altes Spiel zwischen uns. Immer, wenn ich die Kette trage, muß er mich fragen, ob sie neu ist.

Ach so, sagt die Mutter erleichtert.

Die Frau von Fiz greift verlegen nach ihrer Tasse: Ja, das ist dann natürlich etwas anderes. Das ist sogar sehr hübsch, das Spiel. Und wir sind darauf reingefallen.

Fiz lacht trotzdem weiter, als hätte er Annabells Erklärung nicht verstanden.

Beruhige dich, sagt Henk. Er ist Annabell dankbar für die Ausrede.

Fiz hört schlagartig auf zu lachen: Ja, ist wohl besser.

Während Annabell zusammen mit den Kindern den Tisch abräumt, erzählt Fiz von einer Dokumentation, die zwei seiner Redakteure gedreht haben und deren Ausstrahlung ihm vom Intendanten verboten worden ist. Was soll man da noch machen? fragt er.

Auf die Belohnung warten, sagt Henk. Wir leben ja alle nur für die in Aussicht gestellten Belohnungen für unser Wohlverhalten.

Ach ja? lächelt Fiz. Und seit wann hast du diese Klarheit?

Sei nicht gekränkt, lenkt Henk ein. Es trifft doch auch auf mich zu.

Er geht hinaus in die Küche. Er will kein Gespräch mit Fiz, es kommt ihm steif und erzwungen vor. Sie sind nur zusammen, weil die Mutter Geburtstag hat.

Er stellt sich ans Küchenfenster und sieht hinunter auf den Bahndamm. Hinter ihm räumt Annabell mit den Kindern das Geschirr in die Spülmaschine, die er der Mutter geschenkt hat. Das Geklapper und die laute Heiterkeit der Kinder stören ihn, und er verläßt die Küche wieder.

Im Wohnzimmer setzt er sich neben die Mutter und streichelt ihr über das Haar. Hat Annabell dir gesagt, daß ich heute in die Klinik muß?

Die Mutter nickt: Ja. Ich weiß schon. Geh nur. Soll ich dir ein Taxi rufen?

Nein, ich will noch ein paar Schritte zu Fuß gehen. Er umarmt die Mutter und küßt sie auf die Stirn.
Unten vorm Haus zögert er einen Moment lang, geht dann schnell vor zum Bahndamm, läuft nach links, bis er sicher sein kann, daß er außer Sichtweite ist, und zwängt sich durch die Büsche.
Er lehnt sich an einen Signalmast und fühlt sich plötzlich befreit. Ihm fällt ein, daß er morgen ein Interview geben soll. Für eine Zeitschrift, von der er noch nie gehört hat. Wenn er nach seinen Zukunftsplänen gefragt wird, könnte er sagen, daß er Fotograf werden möchte. Augenblicksfesthalter. Über das Wort muß er lachen. Er sieht den Taxifahrer vor sich und denkt vergnügt: Ich nicht. Ich bin noch nicht geheilt.

Es ist passiert, sagt Martius am Telefon. Laura läßt den Herstellungsleiter, mit dem sie gerade über Einsparungen verhandeln wollte, im Büro zurück und fährt sofort zu Martius. Er wohnt in einem Reihenhaus am Stadtrand. Sie war noch nie vorher dort.

Vanna ist ausgezogen, fluchtartig. Sie hat nichts mitgenommen, damit sie nicht mehr an Martius erinnert wird. Er hätte es geschafft, hat sie gesagt, sie ertrage es nicht länger.

Martius zeigt Laura das Zimmer von Vanna. Auf einem runden Tisch liegt eine gelbe Haarspange, und auf dem Fensterbrett steht ein Teller mit Erdnüssen. Laura schluckt und schämt sich ihrer neugierigen Blicke. Sie verläßt das Zimmer schnell wieder.

Was wirst du jetzt tun? fragt sie teilnahmsvoll.

Martius legt den Arm um sie und lächelt: Es wird ein Gästezimmer werden. Oder vielleicht auch eins für dich.

Auf der eiligen Fahrt zurück ins Büro denkt sie: Er unterdrückt seine Gefühle. Ich muß ihm die Angst davor nehmen, über seinen Schmerz zu reden. Ich muß ihm zeigen, daß ich ihn verstehe.

In der Tiefgarage stößt sie fast mit einem anderen Sportwagen zusammen. Trotz des herbstlich kühlen Wetters ist ihr Rücken schweißnaß, und der Stoff ihrer Hose klebt an ihren Oberschenkeln. Der Fahrstuhl ist unerträglich langsam. Sie stürzt in ihr Büro und entschuldigt sich beim Herstellungsleiter für ihren plötzlichen Aufbruch: Ein privater Unglücksfall.

Macht doch nichts, sagt der Herstellungsleiter. Er hat inzwischen eine Lösung für die Kalkulation gefunden und trägt sie vor.
Laura ist sehr erleichtert darüber, daß sie ihn nicht verärgert hat, und wird im Gespräch über Gagen, Ausfallversicherungen und Mieten wieder ruhiger.
Sobald er gegangen ist, ruft sie Jan an. Störe ich? Sie berichtet ihm alles.
Martius hat es vorangetrieben, sagt Jan, Zug um Zug. Er hat Vanna die Entfremdung täglich bewiesen. Jetzt hat sie ihm sogar das Trennungswort erspart, hat es selbst übernommen.
Laura weiß, daß Jan recht hat, aber sie sieht auch den kleinen Jungen mit den weißen Kniestrümpfen, der seine Ängste und Tränen verbergen mußte. Er ist nicht kalt. Er kann nicht anders, verteidigt sie ihn.
Ach was, sagt Jan. Der macht es sich nur bequem. Aber paß du wenigstens auf dich auf.
Laura bittet Sabrina, den Abendtermin mit dem italienischen Trick-Spezialisten auf Dienstag zu verlegen und fährt gegen sechs zum zweiten Mal zu Martius. Schon am Morgen hat ihr das Viertel nicht gefallen, aber sie hatte keine Zeit gehabt, darüber nachzudenken. Kleinbetriebe, Lagerhallen und Tankstellen neben nachgeahmter Bäuerlichkeit mit Geranien und Schmiedeeisen.
Das Reihenhaus von Martius ist mit grauen Platten verkleidet, schmal und verdrossen. Das Klingelschild ist aus Keramik.
Martius öffnet und küßt sie: Daß du schon da bist. Ich habe dich so früh gar nicht erwartet. Ich räume gerade ihre Sachen zusammen.
Sein Zimmer ist eng und vollgestellt, ohne freien Raum. In zwei Vitrinen liegen Glaskugeln, Streichholzschachteln, Bergkristalle und Zuckerstückchen.
Erinnerungen, sagt Martius. Alles hat seine Geschichte.

Laura sammelt nichts. Sie wirft auch die Postkarten, die sie bekommt, immer gleich nach dem Lesen weg. Sie fühlt ein kleines Unbehagen in diesem Zimmer, aber sie ist bereit, es zu vertreiben.
Es ist gemütlich bei dir. Gemütlich ist kein Wort, das sie sonst gebraucht. Sie kann es unbefangen anwenden.
Martius bringt sie in die Küche. Machst du uns was zu essen? fragt er.
Sie erschrickt, denn der Ton seiner Stimme drückt aus, wie selbstverständlich die Frage für ihn ist. Nicht jetzt, denkt sie. Später werde ich ihm erklären, daß ich nie koche.
Während sie die Kartoffeln schält, fühlt sie sich, als wäre sie versehentlich auf eine Bühne geraten und nun gezwungen, im Scheinwerferlicht eine Rolle zu spielen, die ihr fremd ist. Sie ist auch verwundert darüber, daß sie sich an der Aufführung überhaupt beteiligt, anstatt gleich klarzustellen, wer sie wirklich ist. Sie glaubt, Moll und Baba lachen zu hören und spürt Jans ironischen Blick. Der Gedanke, daß sie ihnen ihre Schwäche gestehen wird, beruhigt sie, und sie sagt sich: Es gibt Schlimmeres.
Martius lobt sie für das Essen, und sie empfindet dabei gegen ihren Willen eine Erleichterung und fast etwas Stolz.
Sie schiebt ihren Teller beiseite. Du bist sicher traurig, daß sie so plötzlich nicht mehr da ist.
Ich verstehe nicht, was du meinst, sagt Martius. Sie ist nicht mehr da, und damit ist sie für mich auch gestorben. Sie war es ja, die gegangen ist.
Laura würde ihm gerne helfen, sich zu öffnen. Sie streichelt seinen Arm: Gestorben? wiederholt sie sanft. Selbst wenn es so wäre, nach jedem Tod gibt es doch die Trauer.
Er zieht seinen Arm zurück und lacht. Er steht auf und versucht, während er das Geschirr zusammenstellt, an ihrem Ohr zu lekken. Sie wehrt sich, und es entsteht eine Balgerei, ein Spiel zwischen Kampf und Zärtlichkeit.

Die Laken in seinem Schlafzimmer sind nicht schwarz, wie sie sich das immer vorgestellt hat, sondern rosa. Sein Körper braucht aber keine äußere Untermalung für sie. Sie wird von Wellen getragen, in einem unbekannten Meer, das sie durch ihn entdeckt hat.

Sie liegt ermattet neben ihm und hat ein starkes Glücksgefühl. Sie küßt seinen schweißnassen Hals. Er zieht sie an sich.

Sieh mal, sagt er leise, bei mir ist es anders. Ich muß nicht andauernd über alles sprechen. Du darfst deine Maßstäbe nicht an mich legen, für mich gelten sie nicht. Vielleicht sind sie sowieso auch eher unnatürlich.

Laura hört eine Klage, aber auch einen Vorwurf heraus. Meinst du Jan? fragt sie, meine Beziehung zu Jan?

Er macht eine knappe Handbewegung, die sie schon an ihm kennt, den Handteller nach außen gestellt, als müsse er etwas von sich abhalten, was ihn unrechtmäßig bedrängt. Er benutzt die Bewegung wie ein militärisches Zeichen. Es ist ein Befehl, über den nicht mehr gesprochen werden kann.

Sie rückt etwas von ihm ab: Soll ich gehen? Möchtest du alleine sein?

Überrascht sieht er sie an. Nein. Wie kommst du darauf? Du kannst hierbleiben, solange du willst. Immer, wenn du willst. Ich freue mich sogar.

Er richtet sich auf und nimmt von dem Regal neben dem Bett eine Mundharmonika. Ich habe schon ewig nicht mehr gespielt. Ich weiß gar nicht, ob ich es noch kann. Wünsch dir was. Irgendein Volkslied, das geht am besten.

Volkslied. Ihr fällt ihre Musiklehrerin ein, in der dritten oder vierten Klasse, sie hat den Namen vergessen. Sie trug weiße Blusen mit einem kleinen Stehkragen am Hals und spielte Klavier.

Laura lächelt. Ich wünsche mir: Am Brunnen vor dem Tore.

Beim Suchen der richtigen Töne ist sein Gesicht angestrengt und ernsthaft. Seine Augen sind geschlossen. Gerührt schaut sie ihm zu: Ein Kind, und so verletzbar. Sechs Lieder läßt sie sich vorspielen.

Er holt sich Rotwein aus der Küche, bringt für sie Mineralwasser mit und erzählt von der Fernsehserie, die er inszenieren wird. Im Nebensatz ein Seitenhieb: Du bietest mir ja nichts an.

Sie ist froh, daß sie darauf nicht antworten muß. Sie hat noch immer Angst vor einer Zusammenarbeit mit ihm. Aber sie nimmt sich fest vor, sie jetzt endlich zu überwinden.

Gegen Mitternacht schläft sie neben ihm ein. Ein neues Leben wird beginnen. Er hat sich für sie entschieden. Sie können sich treffen, wann immer sie wollen, überall, ohne Schuldgefühle. Er wird so frei sein wie sie selbst.

Morgens um acht bringt Martius sie an die Haustür. Er ist noch nackt. Hinter der Gardine des Küchenfensters stehend, wartet er, bis sie in ihr Auto gestiegen ist, und winkt ihr nach, als sie losfährt.

Sie muß noch in ihre Wohnung, um sich umzuziehen und die Unterlagen für eine Drehbuchbesprechung zu holen. Ich rufe ihn schnell noch mal an, denkt sie, während sie ihre Socken wechselt. Solange Vanna da war, hat sie ihn nie zu Hause anrufen können. Die Vorstellung, daß sie nun zu jeder Zeit mit ihm telefonieren kann, macht sie vergnügt.

Hallo, sagt sie weich, ich wünsche dir einen schönen Tag. Um eins sehen wir uns. Träume solange ein bißchen von mir.

Ich wünsche dir auch einen schönen Tag, sagt er mit klarer, harter Stimme. Er ist nicht mehr derselbe. Es gibt keinen Anschluß an die Vertrautheit, die eben noch galt.

Was ist denn? fragt sie erschrocken.

Du, mach bitte kein Theater. Sein Ton ist streng.

Auf der Fahrt ins Büro sagt sie sich: Jetzt ist der Schmerz gekommen. Das macht ihn bissig. Er ist alleine in dem Haus, in dem er mit Vanna gelebt hat. Auch wenn er es nicht zulassen will, die Trauer hat ihn erreicht.

Während sie Sabrina einen Brief an eine Filmförderungsanstalt diktiert, denkt sie: Vielleicht sollte ich heute abend nicht Jan treffen, sondern lieber wieder bei Martius schlafen. Jan wird das verstehen.
Martius sitzt schon im Restaurant, als sie hereinkommt. Er wirkt nicht bedrückt, eher heiter.
Vorhin? fragt er. Nein, da war nichts. Aber man muß doch nicht telefonieren, wenn man sich gerade verabschiedet hat.
Laura versteht nicht, was er meint.
Ganz einfach, lacht er. Wenn du da bist, bist du da, und wenn du weg bist, bist du weg. Wenn du wirklich mit mir umgehen willst, kannst du eben nicht weg sein. Das ist doch konkret. Scherzend hebt er die Hand: Es sind die Taten, die zählen, nicht die Worte.
Sie starrt auf ihren Teller. Sie weiß nicht, was sie sagen soll. Es geht ihm sicher nicht gut. Er kann seine Gefühle im Augenblick eben nicht anders ausdrücken und muß sich hinter diesen Sätzen verstecken.
Fährst du am Wochenende mit mir in die Berge? fragt er.
Sie nickt nur.
Am Abend erzählt sie es Jan. Er steht auf und stellt sich ans Fenster, ein dunkles Mahnmal im verblauenden Herbstlicht.
Aha, ein Haus in den Bergen und ohne Telefon, mit Plumpsklo?
Sie geht zu ihm und sieht ihn an. Er hat einen bitteren Zug um den Mund. Solange sie sich kennen, ist noch keiner von ihnen mit einem anderen verreist. Ihr ist bewußt, daß sie dabei ist, ein Siegel aufzubrechen.
Na ja, es sind doch nur zwei Tage. Ohne darüber nachzudenken, ob sie die Wahrheit sagt, fügt sie schnell hinzu: Und wenn du nicht willst, fahre ich natürlich nicht.
Jan setzt sich wieder in den Sessel: Ach was. Er nimmt sein Weinglas, trinkt einen Schluck, lächelt sie fast etwas wehmütig an: Mach's halt einfach.

Sie ist erleichtert. Sie weiß, daß seine Abneigung gegen Martius stärker geworden ist. Er hat Angst, daß die Nähe zwischen ihnen durch Martius bedroht wird. Sie kniet sich vor seinen Sessel und legt den Kopf in seinen Schoß.
Du und ich, wir sind doch untrennbar. Du hast auch immer Affären gehabt, und sie haben uns nie etwas geschadet. Jetzt bin ich eben mal in einer kleinen Liebesgeschichte.
Liebesgeschichte? wiederholt er fragend.
Ein Schreck durchfährt sie. Er ist immer genau mit den Worten. Sie versucht zu lachen: Ach komm, jetzt übertreibst du aber.
Am Samstag früh sitzt sie mit Martius in der Eisenbahn. An einem Tisch im Speisewagen trinken sie Kaffee. Er freut sich auf die Berge und beschreibt ihr den Blick, den man von dort hat. Er wird unten im Dorf gleich bei der Ankunft Holz bestellen, Buche, gut gelagert und schon gespalten. Sie wird es brauchen, wenn sie auf dem kleinen Ofen in der Stube kocht. Sie kann auch helfen, es hinter dem Haus zu stapeln, falls sie Lust dazu hat. Sie könnte aber statt dessen auch die beiden vorderen Fenster streichen. Auf jeden Fall wird er morgen mit ihr eine Wanderung zur Schlucht machen. Eine Kälte steigt immer daraus auf, wie ein Todeshauch. Es wird ihr gefallen. Sie wird Bergstiefel anziehen. Es gibt mehrere, und ein Paar wird ihr sicher passen. Schminken muß sie sich nicht, weil da oben niemand ist, außer ihnen beiden.
O Gott, lacht Laura. Aber sie sagt nicht, daß sie sich weder für Bergsteigen noch für Heimwerkerei und schon gar nicht fürs Kochen interessiert. Sie will teilnehmen an seiner Freude, sie will nichts zerstören und sie hat auch den Wunsch, ihm zu gefallen.
Das Haus ist so, wie sie es sich vorgestellt hat. Die Gerüche erinnern sie an die Laube in Molls Schrebergarten. Sie steht in der engen Stube und sieht auf den gelben Insektenfänger, der von der Decke hängt. Zwei Fliegen versuchen, der Leimschicht zu entkommen. Die nutzlose Zappelei ekelt sie. Sie geht rasch hinaus und setzt sich zu Martius auf die kleine Bank.

Die Bergwelt, sagt er bewundernd und blickt sinnend auf den Horizont.
Ja, herrlich, stimmt sie zu. Sie fühlt sich beklommen.
Er legt den Arm um sie, zieht sie zu sich heran und küßt sie.
Dann springt er plötzlich auf, läuft ins Haus und kommt mit einer Decke zurück, die er am Boden ausbreitet.
Komm, sagt er lockend und legt sich auf die Decke wie ein Präsent.
Mit einem Sprung ist sie bei ihm. Wie schön er ist, denkt sie und flüstert in sein Ohr: Ich liebe das Haus, die Stube und die ganze Bergwelt.
Bis spät in die Nacht sitzen sie warm eingehüllt auf der Bank vor dem Haus. Der Himmel ist klar, und es ist herbstlich kühl.
Wenn du willst, sagt Martius, können wir zusammen wohnen. Mein Haus ist groß genug.
Sie ist verwirrt. Das kann doch nicht sein Ernst sein. Vielleicht macht ihm die Trennung von Vanna mehr Angst, als sie bisher dachte.
Sie sieht ihn nicht an: Wir müssen das überlegen. Sie wickelt sich aus ihrer Decke: Jetzt gehen wir erstmal schlafen.
Die Sonne wärmt schon, als sie am nächsten Morgen mit ihm zur Schlucht wandert. Sie trägt Bergstiefel, wahrscheinlich die von Vanna, aber sie hat nicht nachgefragt. Er geht vor ihr, am Gürtel ein Seil mit Klammerhaken. Warum denn nicht? denkt sie und wehrt sich gegen das aufkommende Gefühl der eigenen Entfremdung. Jan würde sagen: Du lügst ja.
Sie will die Zweifel übertönen und ruft Martius vergnügt zu: Das ist eine ganz neue Erfahrung für mich.
An der Schlucht legt Martius das eine Ende des Seils mit dem Klammerhaken um einen Baumstamm und bindet sich das andere Ende als Gürtel um den Leib. Die Vorbereitungen versetzen Laura in panische Angst.
Bitte, fleht sie, laß das bitte.

Er lacht nur und steigt in die Schlucht hinab.
Vor Hilflosigkeit fängt sie laut an zu weinen. Als wäre damit der eigentliche Sinn seiner Handlung erfüllt, ist er sofort wieder oben und nimmt sie tröstend in die Arme: Aber nicht doch.
Er sagt es väterlich, und sie ärgert sich darüber. Er macht sie zu seinem Kind. Er belehrt sie über das harte Leben der Männer, von dem sie nichts versteht.
Auf dem Rückweg zum Haus ist er ausgelassen. Er spielt einen Hund, der immer wieder an ihr hochspringt und ihr Gesicht ablecken will. Sie versucht lachend, ihm zu entkommen, und er läuft bellend und geifernd hinter ihr her. Sie verbirgt sich atemlos hinter einer Zirbel. Als alles still bleibt, tritt sie vorsichtig wieder hervor. Er hockt direkt vor der Zirbel und macht Männchen.
Wollen wir heiraten? fragt er und sieht sie mit treuem Hundeblick an.
Sie erschrickt, rettet sich sofort in haltloses Gelächter und wirft einen Stock für den Hund. Er apportiert noch, aber den Rest des Weges spürt sie seine lauernde Spannung.
Als sie im Haus angekommen sind, packen sie gleich und steigen hinunter ins Dorf. Vor dem Holzsteg, der über den Bach führt, bleibt er stehen und wendet sich zu ihr um.
Du bist mir noch eine Antwort schuldig.
Ich muß darüber nachdenken, sagt sie schnell und hofft, daß er sie nicht weiter drängt.
Er greift mit der Hand unter ihr Kinn: Wenn du dich mir verschließt, werde ich mich anderen Menschen öffnen müssen. So ist das Echo.
Er küßt sie auf die Stirn, ernst und unbewegt. Sie hat das Gefühl, als sei damit ein Gesetz in Kraft getreten.

Das Ende eines Anfangs

Er steht vorne am Pult: Es liegen uns eine Reihe von Langzeituntersuchungen vor... Er bricht ab, verstummt. Er hat sich sprechen hören wie ein Außenstehender und ist so unsicher, daß er den Satz nicht mehr beenden kann.
Seine Pause geht weit über das erlaubte Maß hinaus, und im Hörsaal wird es unruhig. Er geht ans Fenster und öffnet es. Ist Ihnen nicht gut? fragt eine Studentin neben ihm besorgt. Ich weiß nicht, sagt er leise und ohne sie dabei anzusehen. Unschlüssig steckt er eine Hand in die Hosentasche. Er spürt, daß er sich selbst nicht mehr glaubwürdig ist. Alle starren ihn an. Er holt Luft. Entschuldigen Sie. Wir machen heute früher Schluß. Und verzeihen Sie bitte. Er verläßt schnell den Raum.
Im Büro schließt er die Tür hinter sich ab, setzt sich an seinen Schreibtisch und versucht nachzudenken. Was war das für ein Bruch? Eine Geste der Verweigerung? Etwas ist zu Ende gegangen, das ist sicher. Aber wird die Welt ihn jetzt verlieren? Ihn und seine Ergebenheit? Er blickt auf die Kastanien im Hof und muß plötzlich lächeln. Den Bäumen ist er egal. Sie denken nicht, sie wählen nicht, sie entfalten sich einfach. Nur weil es eben Zeit ist und wieder Frühling wird.
Seine Augen wandern langsam über den Schrank und das Regal. Persönliche Dinge hat er hier nicht. Und wenn schon. Irgend jemand wird alles ordnen. Die Zeichen seiner Anwesenheit in diesem Zimmer wird man in Kisten verpacken. Verwundert wird ihm bewußt, daß er bereits Abschied nimmt.

Er steht auf und öffnet die Schranktür. An der Innenseite ist ein Spiegel. Er betrachtet sein Gesicht. Allmählich breitet sich in seinem Magen ein Glücksgefühl aus. Hinter dem Nein, das er endlich herausgelassen hat, steht schon lange ein Ja. Er muß gar nicht weiter forschen. Es gibt etwas, wonach er verlangt. Das Ende ist auch ein Anfang. Er will fotografieren.
Henk greift zum Telefon und ruft seine Sekretärin im Vorzimmer an. Sagen Sie bitte alles ab. Ich bin krank.
Oh. Ihre Stimme klingt bestürzt.
Er läßt ihr keine Zeit, Fragen zu stellen. Und vielen Dank. Er legt auf und eilt sofort aus dem Büro.
Zielstrebig geht er durch die Einkaufsstraße auf das Fotogeschäft zu. Vor der Auslage bleibt er einen Moment stehen. Er will das Gefühl genießen, eine Grenze zu überschreiten. Er wird nicht länger mehr nach Beweisen für seine eigene Einmaligkeit suchen müssen. Gleich wird etwas Neues beginnen.
Er kauft einen Fotoapparat und hat dabei fast ein körperliches Empfinden von Lust.
Er fährt sofort zum Bahnhof. Zwei Filme verbraucht er alleine für das Abbilden der Dachkonstruktion. Ihn behindert dabei, daß er von Bildern zu wenig weiß und ihm der Blick für das Wesentliche noch fehlt. Aber er fühlt bereits die Intimität des Umgangs mit sich selbst, die beim Fotografieren entsteht.
Von einem Taxi läßt er sich zu verschiedenen Geschäften bringen und hat schließlich alles, was er zum Entwickeln braucht.
Die Fahrerin hilft ihm, die Geräte ins Haus zu tragen.
Annabell hört ihn kommen: Hast du nicht Visite?
Heute nicht, sagt er nur. Er weiß nicht, wie er es ihr erklären soll. Um etwas zu tun, fängt er an, die Sachen hinunter in den Keller zu bringen, in die kleine Kammer, links neben der Waschküche.
Was ist das denn alles? Annabell zeigt auf die Kartons. Auch Selma ist gekommen und sieht ihn fragend an.

Ich habe das gekauft. Etwas betreten steht er vor den beiden Frauen, als wären sie seine Richterinnen. Es ist für eine Dunkelkammer. Er greift schnell nach den Fotopapieren und steigt wieder die Treppe zum Untergeschoß hinunter. Ich will nicht gestört werden, und ich bin für niemanden zu sprechen, sagt er entschlossen.
Der Aufbau dauert länger, als er es erwartet hat. Er studiert genau die Anweisungen, um Fehler zu vermeiden. Erst gegen abend sind die ersten Fotografien fertig. Sie sind noch nicht so, wie er sie will. Aber er ist trotzdem zufrieden, breitet sie auf dem Tisch aus und betrachtet sie liebevoll. Morgen macht er weiter.
Annabell und Selma sind in der Küche und sehen ihm ratlos entgegen.
Ich hab Hunger, sagt er freundlich. Gibt es was für mich?
Selma wirft Annabell einen Blick zu und geht dann zögernd zur Tiefkühltruhe.
Annabell räuspert sich. Deine Sekretärin hat angerufen. Sie wollte sich erkundigen, wie es dir geht. Sie glaubt, daß du krank bist. Ich wußte nicht, was ich ihr sagen sollte.
Henk entkorkt eine Weinflasche. Ja. Ich wollte irgendwie entkommen und habe keine andere Ausrede gefunden. Aber eigentlich ist es so, daß ich ... Er stockt. Daß ich kündigen will. Es ist heraus. Er spürt ihre Blicke auf seinem Rücken und greift nach einem Weinglas.
Du willst was? Selma packt seinen Arm. Sie ist offenbar selbst überrascht von der Grobheit ihres Griffs und der Drohung in ihrer Stimme und läßt seinen Arm wieder los. Sie zieht sich ein paar Schritte zurück und nestelt aufgeregt an ihrer Küchenschürze.
Henk will sie nicht verletzen, aber er muß trotzdem über ihre Entrüstung lachen. Sieh mal, sagt er entschuldigend zu ihr, mein Leben muß ich doch selbst bestimmen. Und Annabell ist ja nun wirklich nicht abhängig von mir. Sie hat sehr viel mehr Geld als

ich. Er lächelt Annabell zu, nimmt sich eine Packung Knäckebrot und geht aus der Küche.
Er schläft tief und traumlos und wacht am Morgen mit einem prickelnden Gefühl von Freiheit auf. Ohne zu frühstücken, fährt er gleich mit seiner Kamera zum Bahnhof und trinkt dort an einer Bude stehend einen Becher Kaffee. Auf Gleis dreizehn wird ein Eilzug abgefertigt. Henk läuft schnell hinüber und steigt ein. Er findet ein leeres Abteil und fängt sofort an, es zu fotografieren. Aus immer neuen Positionen blickt er durch den Sucher und hält die verschiedenen Sichtweisen und Ausschnitte fest.
Ein Schaffner unterbricht ihn bei seiner Arbeit. Henk nennt ihm wahllos ein Reiseziel und kauft auch die Rückfahrt schon mit.
Der Zug nähert sich den Bergen. Die jähe Dunkelheit der ersten Tunnelstrecken beginnt, und Henk beschließt, an der nächsten Station auszusteigen. Er will keine Nachtaufnahmen machen, ihn beschäftigt gerade der sich verändernde Einfall des Sonnenlichts auf der Abteilwand.
Er steht auf dem Bahnsteig und sieht dem sich entfernenden Zug hinterher. Er schlendert weiter nach vorne zum Stationsraum und klopft an die Scheibe. Eggert, der Stationsvorsteher, wendet sich zu ihm um und öffnet die Tür.
Ja? Eggert ist klein, grauhaarig und zerbrechlich wie Raimund. Die Mütze hat er ganz gerade auf dem Kopf.
Henk fragt ihn nach dem nächsten Zug, der zurückgeht.
Gleis vier, in fünfzehn Minuten. Eggert lächelt: Sind Sie nicht gerade eben erst angekommen? Warum wollen Sie schon wieder zurück?
Nur aus Vergnügen, sagt Henk und erwartet, daß seine Antwort für einen Scherz gehalten wird.
Eggert nickt, ernst und verständnisvoll: Das ist ein guter Grund. Nur selten ist er, sehr selten. Er schließt die Tür wieder.
Wenn Raimund weitergelebt hätte, denkt Henk, wäre er vielleicht ähnlich geworden wie dieser Mann.

Sein Zug kommt, und er nimmt sich vor, den Bahnbeamten irgendwann wiederzusehen.
Als er die Haustür aufschließt, steht Annabell in der Halle und sagt: Fiz ist da, er wartet oben in deinem Arbeitszimmer auf dich.
Warum hast du ihn geholt? Henk bemüht sich um einen nachsichtigen Ton. Versteh doch, ich will mich vor niemandem, vor dir nicht und auch nicht vor Fiz verantworten müssen. Ich bin kein Ertrinkender, für den du etwas finden mußt, das ihn über Wasser hält. Ich habe Boden unter den Füßen, und er ist sogar fester als früher. Laß mich meinen Weg gehen. Unterhalte du dich mit Fiz, wo immer du willst, aber setzt euch dazu bitte nicht in mein Arbeitszimmer.
Fiz hat ihn gehört. Er lehnt oben am Geländer und lacht.
Annabell läuft aufschluchzend in die Küche. Selma wird sie beruhigen, hofft Henk und geht die Treppe hinauf zu Fiz.
Tut mir leid, sagt Fiz, aber Annabell hat mich gedrängt. Es klang so, als wärst du verrückt geworden. Was ist denn los? Soviel ich begriffen habe, hast du alles hingeschmissen, und während die halbe Welt nach dir fragt, versteckst du dich im Keller.
So ähnlich, lächelt Henk. Nur habe ich keine Lust, darüber zu reden. Mein einziger Wunsch ist, jetzt in die Dunkelkammer zu gehen, die ich mir unten eingerichtet habe.
Na, dann mach das doch. Ich bin schon so gut wie weg. Fiz nimmt seinen Mantel, den er über den Sessel geworfen hat, und zieht ihn an. Fotografieren wollte ich auch immer schon. Aber ich bin eben einfach nicht konsequent genug. Du wirst es schaffen, jedenfalls wünsche ich es dir. Du hast wahrscheinlich die Kraft dazu.
Henk sieht ihn an: Ja, kennst du das denn auch?
Natürlich, nickt Fiz. Ich komme nur aus meinem eigenen Gefängnis nicht heraus. Ordnung, Verantwortung, Vernunft, Disziplin, alles das, du weißt schon, das hält mich zurück. Und die

Macht, auf die ich verzichten müßte, die auch. Es hat so lange gedauert, einen Anspruch darauf zu erwerben, jetzt will ich sie auch ausüben. Mehr ist es nicht, aber es reicht, um mich festzuhalten. Er schüttelt traurig den Kopf und greift nach seiner Aktentasche. Annabell wird mit mir sprechen wollen, bevor ich gehe. Was soll ich ihr sagen?
Was du willst. Was sie am besten versteht, vielleicht. Henk legt einen Moment lang seine Hand auf die Schulter von Fiz: Es würde mich sehr erleichtern, wenn du sie beruhigen könntest. Ich will frei sein, frei auch von allen Fragen.
Fiz überlegt. Es geht nicht nur um Annabell. Du wirst überhaupt eine Begründung finden müssen. Irgend etwas, was jeder nachvollziehen kann, etwas Sicheres und Klares. Sonst wirst du keine Ruhe haben. Niemand wird dir abnehmen, daß du ohne Not alles aufgibst. Sie würden dich einsperren lassen, wenn du ihnen die Wahrheit sagst. Du bist eine Bedrohung für die normalen Abläufe, und sie müßten dich sofort für seelisch gestört erklären. Wahrscheinlich würdest du einfach entmündigt werden.
Ja, du hast recht. Henk sieht nachdenklich aus dem Fenster. Draußen wird es schon dunkel. Raimunds Krankheit, wäre das eine Lösung? fragt er. Er lacht Fiz an: Schicksalhaft und unheilbar. Könnte ich mir damit die Normalität sichern?
Bestimmt, sagt Fiz. Das ist ein guter Einfall. Sie würden dich bedauern und deine Entscheidung respektieren. Der größte Vorteil für dich ist ihre Angst vor einer Ansteckung. Sie würden nicht versuchen, weiter mit dir umzugehen. Keiner wird sich in deine Zukunft einmischen wollen. Ein letzter tief betroffener Anruf, und dann lassen sie dich alleine.
Henk hat das plötzliche Bedürfnis, Fiz zu umarmen. Aber bevor er noch einen Schritt auf ihn zumachen kann, ist Fiz schon auf der Treppe. Danke, ruft Henk ihm nach.
Er setzt sich an seinen Schreibtisch und fängt an, einen Brief zu entwerfen. Da ich mir über den Verlauf nichts vormachen kann,

will ich Abschied nehmen, solange ich noch der bin, als den Sie mich kennen... Er hält inne und denkt verwundert: Fiz hat mir wirklich geholfen. Es stimmt, daß die Fähigkeit, mich zu befreien, noch nichts ist. Die Fähigkeit, frei zu bleiben, das ist meine Aufgabe. Kleiner Fuß, sagt er leise.

Sie öffnet den Geschirrspüler von Martius, um ihren Kuchenteller hineinzustellen. Ganz hinten, durch einen Becher verborgen, steht eine Teetasse. Martius trinkt keinen Tee. Sie fühlt ein Unbehagen. Soll sie ihn danach fragen? Es hat etwas Lächerliches.
Sie geht wieder hinaus in den kleinen Garten. Martius sitzt an der Hauswand auf einem Klappstuhl. Er hat die Augen geschlossen und hält sein Gesicht der Sonne entgegen. Die Ärmel seines Hemdes sind aufgekrempelt.
Ich wußte gar nicht, daß du so hübsche Teetassen hast, sagt sie beiläufig.
Ein ganzes Service. Er macht die Augen nicht auf. Nur brauche ich es fast nie. Aber gestern abend war mein Kameramann hier. Er hat sich Malventee mitgebracht. Er hat was am Magen. Wir sind die Einstellungen für Montag durchgegangen. Er öffnet die Augen und sieht Laura verblüfft an: Hast du etwa gedacht...? Er fängt an zu lachen, herzlich und unbefangen.
Würdest du es mir sagen, wenn es anders wäre? fragt sie.
Mit einem Ruck setzt er sich zurecht, sein Blick ist vorwurfsvoll. Du weißt, daß mich das böse macht. Was unterstellst du mir eigentlich schon wieder? Was verlangst du von mir? Du willst, daß ich dein Eigentum bin, und ich soll dir andauernd Beweise dafür geben. Aber wie ist das umgekehrt? Was tust du für mich? Arbeitest du mit mir? Nein. Ich frage dich schon lange nicht mehr danach. Wohnst du mit mir zusammen? Nein. Obwohl ich dich

oft darum gebeten habe. Oder nimm deine Freunde. Ich kenne sie immer noch nicht. Du hast uns nie zusammengebracht. Du kannst eben nicht mit mir teilen.
Sie will antworten. Aber..., fängt sie an.
Nein. Er macht diese knappe Handbewegung gegen sie. Jetzt will ich nicht mehr reden. Er steht auf und geht ins Haus.
Sie würde ihm gerne zornig nachlaufen und ihn anschreien, aber sie hat Angst vor den Folgen. Ein Gefühl tiefer Unterlegenheit macht sie stumm. Die Zerstörungen, die ihre Worte anrichten könnten, würde sie nicht ertragen. Zugleich schämt sie sich dafür, daß sie es nicht wagt, sich zu wehren. Betroffen starrt sie auf eine Schale, in der Veilchen blühen, und denkt: Ich habe doch auch vorher ohne ihn gelebt. Ich muß mich wieder befreien.
Martius kommt mit einer Flasche Sekt und zwei Gläsern zurück. Er lächelt Laura versöhnlich an. Na ja, tut mir leid. Aber es war nur eine Antwort auf dein Verhalten. Ich will dich zu nichts zwingen. Aber du darfst mir auch nicht abverlangen, was du selber nicht erfüllst. Genau so viele Nischen, wie du dir baust, baue ich mir eben auch. Das ist nun mal das Echo.
Er entkorkt die Flasche und füllt die Gläser: Trinken wir einfach auf diesen sonnigen Tag, darauf, daß es Frühling wird, daß morgen Sonntag ist, daß wir zusammen sind und – er senkt die Stimme, tritt dicht an sie heran – daß ich dich liebe. Er reicht ihr das Glas.
Sie will nichts trinken, und sie will sich auch seinen Worten nicht fügen, mit denen er ihr vorschreibt, wie der Nachmittag weitergehen soll. Aber sie stößt trotzdem mit ihm an, leert das Glas und widersetzt sich seinen Regeln nicht. Ich will weg, denkt sie, ich will nach Hause, ich will mit Jan reden.
Zufrieden setzt sich Martius wieder auf seinen Klappstuhl, lehnt den Kopf zurück und genießt die Sonne.
Laura betrachtet ihn. Sie wird ihn nie verstehen und ihm nie vertrauen können. Das wird immer so bleiben. Er lebt in einer

fremden Welt, in der Gefühle eine andere Bedeutung haben. Er teilt sie zu, er veranstaltet sie, er belohnt damit oder bricht sie ab. Es sind Waren, die er geben und nehmen kann. Dieser kleine Junge, denkt sie wütend und enttäuscht, mit seinen weißen Kniestrümpfen und seiner ganzen verdammten Tapferkeit, er hätte viel mehr weinen sollen.
Martius spürt ihren Blick und mißversteht ihn. Er blinzelt sie an: Wollen wir ein bißchen reingehen? Er wartet ihre Antwort nicht ab, nimmt sie bei der Hand und führt sie ins Schlafzimmer.
Er zieht sich schnell aus, schlägt die Bettdecke zurück, legt sich auf das Laken und zeigt ihr, daß er bereit ist, sie zu empfangen.
Sie zögert einen Augenblick. Kopf oder Bauch? Sie versucht, den Kopf auszuschalten, aber sie kann die Vorstellung nicht verdrängen, daß auch seine Lust nur eine Zuteilung sein könnte, eine großzügige Antwort auf ihre Lust.
Sie belauscht sein Stöhnen. Als sie von seinem warmen Körper wieder heruntergleitet, flüstert sie: Für mich war es schön, für dich auch? Sie mag selber nicht, was sie aus Mißtrauen heraus fragt. Sie will kein Spion sein.
Er lacht: Soll ich jetzt schwärmen?
Sie nimmt das Kopfkissen und wirft es nach ihm. Und ob!
Sie sieht das Gesicht ihrer Mutter vor sich: Vater war es wichtig, und ich habe immer mitgespielt. Er hat nie etwas gemerkt.
Sie geht ins Badezimmer und steht am Waschbecken. Sie will Klarheit haben. Sie muß wissen, ob er die Leidenschaft nachahmt wie ein Schauspieler in einem pornographischen Film.
Ja. Kein Zweifel. Sie kennt den Geruch genau. Kastanien im Herbst. Sie riecht nicht danach.
Sie läßt das Wasser über ihre Hände laufen. Wieso tut er das? Warum betrügt er sie auf diese Weise? Sie weiß, es hat keinen Sinn, ihn danach zu fragen. Er würde sie nur voll Abscheu ansehen. Sie hätte schon wieder verloren. Wie ein Punktrichter würde er sie endgültig auszählen. Sie will gar nicht kämpfen.

Sie greift nach dem Handtuch. Es fällt ihr herunter. Sie bückt sich danach. Unter der Heizung liegt eine kleine, braune Wimpernbürste. Kalte Angst steigt ihren Rücken herauf. Ihr fällt eine breite Straße in Peking ein. Menschenreihen ziehen an ihr vorbei, alle in eine Richtung, alle starren sie an, zeigen auf ihre blonden Haare. Sie ist der Mittelpunkt unverhohlener Neugierde. Sie muß eine Parade abnehmen, sie kann nicht untertauchen, sie ist eine Fremde, ganz allein, verlassen, einsam.

Unschlüssig steht sie da, faßt die Wimpernbürste nicht an. Sie muß sich anziehen. Eine Ausrede erfinden. Eine Verabredung mit einem amerikanischen Verleiher, die sie vergessen hat, die ihr jetzt erst einfällt. Irgendwie muß sie hier raus.

Wie schade, sagt Martius. Komm zurück, so schnell du kannst.

Sie steigt in ihr Auto, fährt los. An der ersten Telefonzelle hält sie und ruft Jan an. Gott sei Dank ist er zu Hause. Ich bin in zwanzig Minuten da, sagt sie nur.

Es erleichtert sie schon, in Jans Küche zu sitzen. Er kocht ihr Kaffee und hört ihr zu. Was würde sie ohne ihn machen? Er ist ihr Boden, ihre Heimat. Der Schrecken verblaßt allein durch seine Gegenwart, und sie kann über Martius reden wie über einen Fall.

Jan schüttelt besorgt den Kopf: Es wäre besser für dich, wenn du von ihm loskommst.

Ich weiß schon, nickt sie. Aber ich bin einfach noch nicht so weit. Ich muß erst noch versuchen, unempfindlicher zu werden. Ein allmähliches Verschwinden des Gefühls scheint ihr erträglicher zu sein als ein schneller Bruch. Sie will den großen Schmerz vermeiden und die Beziehung in der Beziehung lösen.

Wenn du das aushältst, sagt Jan, Teetassen, fremdes Parfüm an der Bettwäsche, Strümpfe unter dem Sofa und all die Lügen, die noch kommen werden, dann probiere es. Vielleicht wird er dir wirklich schnell gleichgültig, und du nimmst weiter keinen Schaden dabei. Es kann aber auch anders sein. Wenn du dich nicht gleich von ihm trennst, könnte das Schiefe, das du dann mit dir herumschleppst, dich selber krumm machen. Möglicherweise zahlst du einen hohen Preis dafür.

Sie gießt etwas Milch in ihren Kaffee und rührt ihn um. Ach, das glaube ich nicht. Ich bin doch nicht schutzlos. Ich werde sehr viel arbeiten, und meine Arbeit ist zum Glück ein Bereich, in den ich ihn nicht hereingelassen habe. Da kommt er nicht vor. Das ist nur mein Platz, und dort habe ich ein freies Feld.

Und du hast auch mich, lächelt Jan und fügt nach einer kurzen Pause hinzu: Und Moll und Baba.

Ja. Sie empfindet es voller Dankbarkeit: Sie ist gut aufgehoben. Auch wenn es ein paar Schrammen geben wird, ihr eigentliches Leben wird dadurch nicht verformt werden. Martius kann sie im Grunde gar nicht erreichen. Er berührt nur ein einziges Gebiet, und das liegt weit ab von ihrem Zentrum. Die Aufgabe wird sie soviel nicht kosten.

Wir könnten ins Kino gehen, schlägt Jan vor, damit du auf andere Gedanken kommst.

Brauche ich gar nicht, sagt sie. Laß uns zu Hause bleiben. Mir geht es gut. Aber eine Sache muß ich dir noch erzählen.

Etwas umständlich vertraut sie sich Jan an.

Unsinn, sagt er, ein Mann kann das nicht spielen. Entweder will er, oder er will nicht.

So einfach ist das bei ihm nicht. Verlegen greift sie nach ihrer Tasse. Er macht mir eben Geschenke.

Jan sieht sie ungläubig an, schaltet nachdenklich die Kaffeemaschine aus und spült die Kanne, sagt aber nichts mehr.

Sie geht in sein Arbeitszimmer und ruft Moll an. Er ist gerade von einem Fahrradausflug nach Hause gekommen.

Moll findet, sie soll sich einfach auf sich selbst verlassen. Sie wird bestimmt immer das Richtige tun.

Willst du, daß ich mich ins nächste Flugzeug setze und zu dir komme? fragt er fürsorglich.

Sie lacht. Ach was. Ich werde ihn jetzt auch einmal ein bißchen belügen, Termine erfinden und ihn erst in ein paar Tagen wiedersehen. Und dann weiß ich mehr. Vielleicht bin ich ganz schnell von ihm frei.

Er kommt aus der Dunkelkammer und schließt sie ab. Oben auf der Kellertreppe sitzt Annabell.
Du kannst doch nicht immer hier sitzen und darauf warten, daß ich herauskomme. Er streicht ihr freundlich über den Kopf. Sie fängt sofort an zu schluchzen. Mein Platz ist an deiner Seite. Ich werde dich nie verlassen.
Ich muß ihr helfen, denkt er. Sie ist mager geworden, und ihre Augen sind leicht entzündet. Sie geht kaum noch aus dem Haus. Wenn er von den Bahnhöfen kommt, ist sie immer da. Sie will keine Möglichkeit verpassen, etwas für ihn tun zu können. Ihre Moral schreibt ihr vor, alle ihre eigenen Bedürfnisse zu vergessen.
Annabell schneuzt sich. Eine Frau hat angerufen. Man hat ihr in der Universität schon alles über dich erzählt. Sie bittet dich, heute um fünf Uhr in ein bestimmtes Café zu kommen. Du wüßtest schon, welches. Ich soll nur sagen: Sabrina.
Sabrina. So. Danke. Er sieht auf die Uhr. Es ist kurz nach halb fünf. Er wird hingehen und nicht lange bleiben. Er will noch heute abend mit Annabell reden. Grundsätzlich. Die Wahrheit kann er ihr leider nicht mehr sagen. Er hätte es am Anfang tun müssen. Es ist aber auch besser so. Nur Fiz weiß um sein Geheimnis, sonst niemand, nicht einmal die Mutter. Bei Annabell ist er auch nicht sicher, ob sie es hätte bewahren können.
Henk fährt mit dem Fahrrad in die Stadt. Auf den Straßen steht der Verkehr, und die Auspuffrohre zittern unter den Autos. Die

Büsche, die auf einem Mittelstreifen angepflanzt worden sind, blühen trotzdem. Henk kommt es fast unpassend vor, daß sie sich auf diese Weise an der Vertuschung des Unheils beteiligen.
Sabrina hat sich kaum verändert, nur ihre Haare trägt sie etwas kürzer. Er setzt sich zu ihr an den kleinen Marmortisch. Es ist der gleiche wie damals.
Oh. Sie sieht ihn an. Er kennt diesen Blick. Eine Mischung aus verlegenem Respekt und ängstlichem Mitgefühl. Sabrina räuspert sich. Gibt es denn keine Hoffnung? Man kennt doch auch Fälle, wo es viele Jahre dauert und nicht gleich ausbricht. Bis dahin ist vielleicht schon etwas entwickelt worden.
Ja, das ist möglich. Henk hat das schon oft gesagt.
Der Ober kommt, und er bestellt eine Schokolade. Er will ihr dabei die Gelegenheit geben, ihn in Ruhe zu betrachten. Es ist nichts Ungewöhnliches an ihm. Sie soll sich nicht fürchten müssen.
Er lächelt sie beruhigend an. Vielleicht lebe ich noch ziemlich lange. Im Grunde ist es wie bei jedem anderen Menschen auch. Der Tod kann morgen früh oder erst in zehn Jahren kommen. Der Zeitpunkt ist nicht bekannt.
Seine Schokolade wird gebracht. Er greift nach der Zuckerdose und spürt Sabrinas Anspannung. Sie verfolgt jede seiner Bewegungen. Er bemüht sich um einen beiläufigen Ton. Ich habe nur vorsorglich meine Entscheidung getroffen und alles geordnet und übergeben. Er lacht. Es war ein mühevoller Weg, weißt du. Ich habe viele erschütterte Anrufe entgegengenommen, fassungslose Mitarbeiter getroffen und teilnahmsvolle Briefe beantwortet. Es ist gar nicht so leicht, sich aus dem Leben herauszulösen.
Kann ich irgend etwas für dich tun?
Es ist die übliche Frage. Henk schüttelt den Kopf, und Sabrina schweigt bedrückt. Dieses Schweigen ist die Mauer, die seine

Freiheit schützt. Er baut darauf. Was hat man einem bereits Sterbenden denn auch noch zu sagen? Bisher hat jedenfalls keiner gewagt, ihm Vorschläge zu machen. Niemand hat ihn arbeitsscheu genannt oder ihn ermahnt. Die Maßstäbe, die im Alltag angelegt werden, gelten eben nicht mehr für ihn. Dadurch lösen sich die kleinen Regeln auf, und der gewohnte Sinn zerfällt. Wer hält das schon lange aus? Früher wäre er selbst auch schnell geflohen. Man kann nun einmal nicht mehr unbefangen mit einem umgehen, der schon entrückt ist und der andauernd auf die Endlichkeit des Lebens verweist.

Erzähle doch von dir, bittet er Sabrina.

Sie macht eine abwehrende Handbewegung: Das ist jetzt nicht wichtig.

Er beharrt, und sie beginnt, zögernd und stockend Sätze zu formen, die ihr für den Augenblick angemessen erscheinen: Bin ich glücklich? Was ist schon Glück?

Ihr Bemühen rührt ihn. Komm, unterbricht er sie, die einfachen Sachen. Also: hast du einen Liebsten?

Ja. Sie wird rot. Vielleicht kennst du ihn sogar. Er ist Regisseur.

Ihre Worte werden fließender, und sie beschreibt Henk ihr Problem.

So geht das schon seit vier Monaten, und jeden Morgen frage ich mich: Soll ich es ihr sagen? Aber ich traue mich nicht, und dann denke ich auch, daß eigentlich er mit ihr reden muß. Manchmal fühle ich mich richtig schuldig, wie eine Betrügerin komme ich mir vor, und nachts überlege ich, ob ich mich ihretwegen vielleicht von ihm trennen ... Sie schlägt sich erschrocken die Hand vor den Mund: Was rede ich für Belanglosigkeiten.

Er will sie erlösen und steht auf. Sprich mit ihr, gleich morgen, dann bist du es los. Er deutet eine Verbeugung an. Leb wohl. Ich möchte jetzt gehen. Es war schön, dich noch mal zu treffen. Ich verabschiede mich.

Er verläßt das Café. Sie wird noch einige Minuten an dem Mar-

mortisch sitzen und über ihn Tränen vergießen, mit dem Taschentuch in der Hand bezahlen, aufstehen, aufatmen und sich nie wieder melden. Ihm ist es recht.
Als er nach Hause kommt, sitzt Annabell mit Selma in der Küche. Offenbar hat sie wieder geweint. Er geht hinauf in sein Arbeitszimmer. Sein Entschluß steht fest. Er muß verhindern, daß sie mit ihm aus der Welt gerissen wird. Sie leidet daran, daß ihn keiner besuchen kommt, und hält es für Treulosigkeit und Verrat. Um so mehr glaubt sie, zu ihm halten zu müssen. Sie begreift nicht, daß die anderen Angst vor ihm haben, vor seiner Krankheit und vor allem vor der Sinnentleerung, die sie in seiner Gegenwart fühlen. Die Rechnung, die für ihn aufgeht, soll sie nicht mitbezahlen müssen.
Sein Blick streift über seine Bücher. Er wird sie nicht mitnehmen. Er braucht sie nicht mehr.
Annabell? ruft er. Sie betritt sofort sein Arbeitszimmer, als hätte sie schon vor der Tür gewartet, und sieht ihn tapfer an.
Ich mache mir Sorgen um dich, sagt er. Du mußt lernen, ohne mich zu leben. Wenn deine Freunde nicht länger fürchten müssen, mir zu begegnen, werden sie wiederkommen, und du bist nicht mehr von allem abgetrennt. Ich will nicht, daß dir durch mich etwas weggenommen wird. Deshalb werde ich ausziehen, und ich würde dich auch sehr darum bitten, dich von mir scheiden zu lassen.
Sie starrt ihn an. Ihr Gesicht wird weiß. Wo willst du denn hin? fragt sie ganz leise.
Er möchte in ein Gartenhaus vor der Stadt ziehen. Es gehört Annabell und steht auf einem Grundstück, das Bonselt vor Jahren als Anlageobjekt erworben hat. Zwei Zimmer mit Ofenheizung. Wie früher, lächelt er, ich kehre in meine Kindheit zurück. Darf ich dort wohnen?
Wann? fragt sie tonlos.
Morgen vielleicht. Jedenfalls so schnell wie möglich. Es ist das

beste für dich. Er nimmt von seinem Schreibtisch ein Blatt Papier, auf dem er eine Erklärung für den Anwalt abgegeben hat. Hier, wegen der Scheidung. Ich hoffe, es genügt so. Er hält ihr das Papier hin.
Sie greift nicht danach. Sie bewegt sich nicht. Darf ich dich besuchen?
Nein, bitte nicht, sagt er schnell.
Annabell nickt, als würde sie die Antwort schon vorher gekannt haben. Sie geht zur Tür und steht dort, die Hand auf der Klinke.
Im Zimmer ist es halbdunkel und still. Ein Vogel singt noch draußen im Garten. Annabell wendet sich zu Henk um: Ein Lügner kann doch nicht fotografieren, oder? Sie nickt ihm kurz zu und geht hinaus.
Ich sollte gleich beginnen, ein paar Sachen zusammenzupacken, denkt Henk. Der große schwarze Koffer wäre gut und...
Er hält inne. Schlagartig wird ihm erst in diesem Augenblick klar, daß seine Sorge um Annabell nur Vorwand war. Es geht ihm gar nicht um sie. Er will frei sein, das ist alles.
Unschlüssig steht er mitten im Raum und hat das unangenehme Gefühl, sich selbst ertappt zu haben. Fast wäre es ihm gelungen, sein eigentliches Ziel sogar vor sich selbst zu verstecken. Annabell hat es durchschaut. Sie hat recht: Fotografieren heißt auch, die Wahrheit zu suchen. Es liegt noch ein langer Weg vor ihm.

AUSGANG

Sie sitzt in ihrem Büro und prüft die Auslandsabrechnungen. Über 100000 alleine aus Frankreich. Es ist gut, Erfolg zu haben, denkt sie und sieht aus dem Fenster auf die Halle des Bahnhofs. Es hilft dabei, sich selbst so zu sehen, wie man gesehen werden will. Kleine Risse und Lücken werden dadurch überdeckt.

Es klopft. Sabrina kommt herein und bringt ihr die Post.

Danke, sagt Laura. Und könnten Sie mir noch die Mappe mit den Verleihgarantien bringen?

Ja. Sabrina zögert. Sie bleibt vor Lauras Schreibtisch stehen.

Was gibt es? fragte Laura freundlich.

Sabrina kämpft mit den Tränen, ihr Kinn zittert. Sie zupft unruhig an ihrem Blusenknopf und stößt heraus: Ich kann doch auch nichts dafür.

Laura versteht nicht, was sie meint, aber sie geht zu ihr und legt tröstend den Arm um sie: Na, was denn?

Sabrina kann nicht länger an sich halten und beginnt zu schluchzen: Ich hätte es Ihnen früher sagen müssen, aber Martius...

In einem Sekundenbruchteil erfaßt Laura, worum es geht. Sie fällt, etwas bricht, sie schlägt auf und erkaltet. Nein. Sie will überleben. Sie muß jetzt schreien, den Tisch umwerfen. Wie rettet sie sich ihre Würde?

Aber ich weiß es doch längst. Lauras Stimme ist ganz sanft.

Sabrina sieht sie an, verheult und verblüfft. Ja? Wirklich? O Gott, ich bin ja so erleichtert.

Jetzt bloß kein Gespräch. Gleich kann sie sich nicht mehr verstellen. Und nun holen Sie mir schnell die Verleihgarantien, ja? Laura schiebt Sabrina zur Tür. Und kein Wort mehr darüber. Vor allem keine Tränen. Sie versucht zu lächeln. Versprochen? Sabrina nickt gehorsam, geht ins Vorzimmer, kommt mit der Mappe zurück, reicht sie Laura und schließt die Tür.
Endlich allein. Welche Erniedrigung. Sie kann nicht einfach nach Hause gehen. Sie muß bleiben. Ihre Aufgaben erledigen wie immer. Sich nichts anmerken lassen. Beherrschung. Hoffentlich wird nicht gerade ein Anruf durchgestellt. Sie könnte nicht reden.
Sie öffnet das Fenster und bemüht sich, tief ein- und auszuatmen. Soll sie springen? Unsinn. Sie läge da unten auf dem Bahnhofsplatz, Arme und Beine zu den Seiten ausgestreckt, Blut sikkert aus ihrem Mund, eine Lache, die schnell größer wird. Was hätte sie davon?
Sie setzt sich auf ihren Schreibtischsessel. Sie wird nicht weggehen, alles zurücklassen. Sie muß ruhig werden. Martius anzuklagen, das hat keinen Sinn. Er würde die Gelegenheit ergreifen und sich zurückziehen hinter seine Kältemauer, wie bei Vanna. Kälte könnte ihr Ausweg sein. Ein Herz aus Eis. Sie muß ihn bestrafen, ihn zerstören.
Warum reißt das so an ihr? Woher kommt diese unerträgliche Heftigkeit? Sie hat Martius doch sowieso nicht mehr vertraut. Sie wußte doch, daß er sie belügt. Sie selbst war dabei, sich von ihm zu lösen. Was ist denn eigentlich passiert? Was ist denn das Neue? Weil es ihre Sekretärin ist, viele Jahre jünger als sie? Ist es das? Fühlt sie sich dadurch beleidigt? Vielleicht, aber das kann nicht alles sein. Eine böse, nicht erklärbare Kraft ist in ihr. Etwas, das sich nicht in Schmerz oder Trauer verwandeln läßt, sondern auf Rache drängt.
Martius muß ganz genau gewußt haben, was er tut. Er wollte nicht zulassen, daß sie ohne Schaden wieder von ihm freikommt.

Er hat ihre Sekretärin benutzt, um in ihren Alltag einzubrechen und so zu verhindern, daß sie ihn vergessen kann. Sie soll auf seine Seite herübergerissen werden, wo es um Macht geht und um Siegen. Es würde ihm Spaß machen zu sehen, wie sie jetzt in dem Ring steht, in den er sie immer hat locken wollen, kampfbereit, mit Mordlust. Jan würde sie nicht mehr begreifen, aber für Martius ist sie jetzt berechenbar geworden. Er hat sie sich ähnlich gemacht.

Jan, denkt Laura, Jan. Sie hebt den Telefonhörer ab, hält ihn einen Moment lang in der Hand und legt ihn wieder auf. Ein merkwürdiges Gefühl der Distanz ist da, wie eine hohe Mauer. Sie will Jan gar nicht anrufen. Die Gewohnheit ist vorausgeeilt, aber ihr Bedürfnis folgt nicht nach. Es ist das erste Mal, daß sich diese beiden Beweggründe in ihr nicht decken. Später, sagt Laura sich und kann die Ahnung einer Veränderung gerade noch abwehren. Entschlossen wählt sie die Nummer von Martius. Könnten wir heute nicht zusammen Mittag essen? Es wäre schön. Treffen wir uns um halb eins beim Chinesen? Er stimmt gleich zu.

Als sie das Restaurant betritt, lächelt er sie an: Das war eine gute Idee. Sonst hast du doch kaum noch Zeit für mich.

Ach, du hast ja so recht. Ihr ganzer Körper steht unter Spannung. Sie nimmt die Speisekarte, wählt und spielt vergnügte Unbefangenheit. Jetzt kann ich es dir gestehen: Ich hatte einfach Schuldgefühle. Sie hat sich die Sätze genau überlegt, mit denen sie in sein Gebiet einbricht. Ich habe da seit einiger Zeit eine kleine Affäre, ein Grafiker, nichts Wichtiges, aber ich wollte dich nicht verletzen. Sie lacht. Dir brauche ich nichts vorzumachen. Zwischen uns beiden ist die Leidenschaft wirklich etwas angestrengt geworden. Sie verändert ihren Gesichtsausdruck und blickt ihn ernst an. Nur, du bedeutest mir eben doch sehr viel. Als Mensch. Ihr gelingt es, mit vertraulicher Wärme zu sagen: Ich bin so froh, daß ich jetzt weiß, daß auch du ... meine Sekretärin ... Laß uns etwas Neues beginnen.

Er schweigt einen Moment lang, und sie fürchtet schon, daß sie ihn nicht hat täuschen können.
Luderchen. Er nickt bewundernd. Sie hat gewonnen. Er glaubt ihr.
Sie holt zum entscheidenden Satz aus und strahlt ihn an. Weißt du was? Nächstes Wochenende fahren wir frei und unbeschwert in die Berge. Was hältst du davon?
Er lacht kumpelhaft: Vielleicht ist das der Beginn einer wunderbaren Freundschaft.
Sie spürt plötzlich, wie stark sie ist. Sie ist sein Feind. Sie wird ihn umbringen. Es sind nur noch ein paar Tage. So lange hält sie es aus.
Laura geht durch die Halle auf den Fahrstuhl zu. Sie hat gehandelt. Sie ist ruhiger. In ihrem Kopf ist wieder Platz. Was hat sie eigentlich vor? Wahrscheinlich braucht sie wirklich Hilfe. Sie sollte versuchen, sich mitzuteilen und die Wege gehen, die früher immer gut und befreiend waren. Jan, Moll und Baba.
Früher. Sie starrt die Fahrstuhlknöpfe an. Das ist es. Die Ahnung wird erschreckende Gewißheit. Ihr Zentrum hat sich verschoben. Das schöne Haus ihres Lebens, die klaren Regeln und Sicherheiten, sie sind zusammengebrochen.
Der Fahrstuhl kommt, aber Laura steigt nicht ein. Sie geht zu den schwarz-glänzenden Ledersesseln, die unter der Lichtplastik stehen. Sie muß sich setzen. Jetzt weiß sie, was wirklich geschehen ist. Ihr Glaube an die Tragfähigkeit von Beziehungen ist zerstört. Ihr Amulett ist entweiht. Sie war immer sicher, daß es sie schützen würde gegen Einsamkeit, gegen Haß und Schmerz. Es taugt nichts. Oder nicht genug. Einen giftigen Pfeil lenkt es nicht um. Jan bewahrt sie noch nicht einmal davor, sich beleidigt zu fühlen, wenn Martius sie wirklich beleidigen will. Was hat sie alles getan, um sich selbst die Bedeutung ihrer Beziehungen zu erhalten? Was hat sie sich und anderen dadurch versagt?

Laura steht auf. Sie würde gerne mit der Faust an eine Wand schlagen. Sie sieht sich in New York, auf der obersten Plattform, weit über der Stadt. Es weht ein starker Wind. Sie ist allein. Ihre Stimme dröhnt und reicht von Norden bis Süden: Ich bin ich – auch ohne euch!
Im Büro ruft Jan an. Nein, sagt sie zu ihm, ich will dich heute abend nicht sehen. Am besten überhaupt eine Zeitlang nicht.
Jan ist sofort besorgt. Irgend etwas muß sie ihm erklären, sonst wird sie ihn nicht los. Es ist eine Feder in mir gebrochen. Ihr fällt nichts anderes ein.
Eine Feder? Was für eine Feder? fragt er.
Worte, denkt sie. Aber sie muß es zu Ende bringen. Das Ding eben, das alles zusammengehalten hat.
Komm, sagt er, damit kann ich nichts anfangen.
Dann nicht. Laura legt auf. Sie ist dabei ganz kalt.

Samstag vormittag, vier Minuten vor zehn. Der Zeiger der Bahnhofsuhr ist gerade vom fündundfünfzigsten auf den sechsundfünfzigsten Strich gesprungen. Henk mag das kurze Geräusch, das dabei entsteht.

Er sitzt auf einer grünen Bank vor einer Reklametafel. Es ist warm und still, der Bahnsteig ist leer. Er sieht dem Zeiger zu, der 59 Sekunden lang nichts macht, nur steht, etwas zittert und dann in der sechzigsten Sekunde springt.

Menschliches Maß, denkt er. Jedes Ereignis hat eine lange Vorgeschichte.

Neben sich auf der Bank hat er einen geöffneten Rucksack liegen. Er hat ihn von Eggert geschenkt bekommen, einer der Lederriemen war gerissen. Eggert hat den Riß für ihn mit einem Stück Leinen überbrückt. In dem Rucksack ist ein Fahrtenmesser, ein Paket Taschentücher, ein Bleistift, ein Notizblock, Toilettenpapier und sein Fotoapparat mit drei Objektiven in einem schwarzen Etui.

Unter der Bank stehen Henks halbhohe Wanderschuhe mit Hakenschnürung. Auch die schwarzen Socken hat er ausgezogen und über die Schuhe gelegt. Er trägt den grünlich-grauen Anzug aus Rohseide, der Selma immer so gefallen hat.

Er kennt alles auf diesem Bahnsteig. Die Gerüche und Schattenspiele zu den verschiedenen Tageszeiten, den Rost an den Eisenträgern der Überdachung, die gesprungene Platte an der Bahnsteigkante. Immer wieder hat er mit dem Fotoapparat ver-

sucht, die Dinge festzuhalten. Ganze Bilderserien gibt es von den verschiedenen Gezeiten, die sich mehrmals in jeder Stunde wiederholen: unbewegt, beginnende Bewegung durch das Eintreffen von Menschen, die Bewegung wird dichter, der Zug nähert sich, er fährt ein, hält, Höhepunkt der Bewegung, Menschen und der Zug, Aussteigen, Einsteigen, Begrüßen, Verabschieden, belebt, gefüllt, abklingende Bewegung, Zurücktreten, Winken, der Zug fährt ab, Weggehen, Verschwinden und wieder unbewegt.
Der Zeiger springt weiter. Die Tür des Stationsraums wird geöffnet, und Eggert kommt heraus. Henk sieht ihm entgegen. Eggert hat eine besondere Art zu gehen, langsam, gemessen, wie ein Fahnenträger bei einer Prozession. Henk hat schon viele Aufnahmen davon gemacht. Den einmaligen, wichtigen und merkwürdigen Punkt aber, wo sich die Erscheinungen der Welt in Eggerts Gang kreuzen, nur einmal und so nie wieder, diesen Punkt hat er noch nicht gültig abbilden können.
Eggert setzt sich zu Henk auf die Bank. Der Rucksack liegt zwischen ihnen. Eggert hat eine Brotbüchse bei sich. Er nimmt den Deckel ab und hält sie Henk hin: Die Leberpastete habe ich selbst für Sie gekauft.
Henk nimmt ein zusammengeklapptes Brot aus der Büchse und lächelt Eggert an: Danke. Er ißt aber nicht, sondern sieht zu, wie Eggert abbeißt und anfängt zu kauen. Eggert ist das von ihm gewöhnt, es beeinflußt sein Verhalten nicht.
Nun, fragt Eggert nach einer Weile, was beobachten Sie heute?
Die Ernsthaftigkeit und die Vollständigkeit kleiner Vorgänge. Henk zieht sich seine Strümpfe an. Das Kauen ist eine in sich abgeschlossene Form, die vom Schlucken beendet wird. Ich würde sofort erkennen, wenn Sie auf eine Plombe oder auf ein Pfefferkorn gebissen hätten. Ein unterbrochener Kautakt gehört schon nicht mehr zum Kauen, er ist ein neuer Vorgang.
Wollen Sie das fotografieren?

Ich wüßte noch nicht wie, sagt Henk und zieht auch seine Schuhe wieder an. Ich bin noch nicht so weit. Er greift nach seinem Brot, das er auf den Rucksack gelegt hat. Soll ich es Ihnen einmal zeigen?
Nein. Eggert schüttelt den Kopf. Ich habe gestern über Sie nachgedacht. Ich glaube, Sie werden hier bald nicht mehr herkommen.
Er hat Angst, denkt Henk kauend, und es tut ihm sofort leid. Er weiß, wieviel er für Eggert bedeutet. Wollen wir du zueinander sagen? fragt er schnell.
Eggert muß lachen. Ach, darum geht es doch gar nicht. Das würde bestimmt nicht helfen. Das Schicksal läßt sich nicht aufhalten. Er sieht Henk ernst an. Wir sind nicht so frei, wie Sie annehmen. Keiner ist es, auch Sie nicht. Sie sind gerade dabei, wieder etwas zu werden. Eine Zeitlang sind Sie Arzt gewesen, und jetzt werden Sie vielleicht ein bekannter Fotograf. Sie können gar nicht nur frei sein, auch nicht, wenn Sie es wollen. Die wirkliche Freiheit gibt es nur für einen winzigen Augenblick, in Zwischenräumen, und dann fängt schon etwas anderes an.
Eggert steht auf und geht zurück zum Stationsraum. Vor der Tür wendet er sich noch mal zu Henk um: Es ist einfach, wie es ist.
Nachdenklich folgt Henk mit dem Finger der Linie eines Herzens, die in das Holz seiner Bank geritzt ist. Sie ist ihm vertraut, er hat sie oft fotografiert. Eggert redet selten so viel auf einmal. Er muß einen gewichtigen Grund haben. Was meint er bloß? Das Fotografieren ist doch eben nicht ein Beruf wie jeder andere auch.
Vom gegenüberliegenden Bahnsteig hört er Stimmen. Eine Frau, ein Mann und zwei kleine Kinder, ohne Gepäck. Abholer. Die Kinder verlockt der leere Bahnsteig zum Rennen. Sie werden eingefangen, ermahnt, belehrt.
Henk kann Familien nach der Art ordnen, wie sie die Wartezeiten auf einem Bahnhof verbringen. Eng zusammengeschlossene

Gruppen oder breit gestreute Felder und getrenntes Herumgehen, Tonfall und Lautstärke von Gesprächen und die Häufigkeit des Lachens.
Drüben taucht ein Mann mit einem Aktenkoffer auf, den Regenmantel über dem Arm. Abfahrer. Er bleibt auf der Höhe von Henks Bank stehen, stellt den Aktenkoffer ab und blickt erst dann zu ihm hinüber. Ein kaum erkennbares Zögern, er fühlt sich offenbar ausgesetzt, beobachtet. Er nimmt seinen Koffer und geht weiter, als hätte er nie vorgehabt, an dieser Stelle zu bleiben.
Der Zug fährt ein. Gesichter hinter den Scheiben, Türen werden aufgestoßen. Der Mann mit dem Aktenkoffer steigt in den Speisewagen ein, die Familie begrüßt einen jungen Mann. Der Zugbegleiter wirft die Türen zu, und die Waggons rollen wieder aus Henks Blickfeld.
Er genießt die Augenblicke des Wechsels zwischen der Phase der sich allmählich entfernenden Unruhe und ihrer Auflösung in der wieder eintretenden Stille. Jedesmal zeigt sich, daß alles unverändert geblieben ist. Wenn die Füße der Reisenden nicht mehr auf den Betonplatten stehen, sind die Platten die gleichen wie vorher, und das Geländer am Ausgang wird durch die Hände, die es berührt haben, nicht verbraucht.
Henk geht zum Stationshäuschen und klopft: Ich habe nicht verstanden, was Sie mir sagen wollen.
Eggert macht eine abwehrende Handbewegung: Ist egal. Vielleicht irre ich mich ja auch nur.

Sie steht neben Martius am Abteilfenster und sieht hinaus. Vor einer Schranke warten ein Mann und ein Kind, beide winken. Vorbeifahren und Zurückbleiben. Martius lächelt und legt den Arm um Laura.
Sie fühlt eine Mischung aus Schmerz und Wut und würde seinen Arm am liebsten wegstoßen. Aber sie will keinen Fehler machen und bückt sich deshalb nur nach ihrer Handtasche. Ihre Bewegung hat Martius nicht irritiert. Er setzt sich auf den Platz ihr gegenüber und beginnt, über das Reisen zu reden. Sie muß nicht zuhören, es reicht, wenn sie zustimmend nickt. Er glaubt an die Harmonie zwischen ihnen und spürt nicht die versteckte Kraft ihres Hasses.
So wie das Auge, wenn wir hinausblicken, sagt Martius sinnend, das eine Bild noch halten will, wenn das nächste schon folgt, so stellt uns auch das Leben immer wieder vor neue Aufgaben: Ist die eine gelöst, so steht die andere schon da. Aber, fügt er hinzu und greift mit der Hand nach ihrem Knie, du und ich, wir werden damit zurechtkommen.
Ganz gewiß. Sie schlägt die Beine übereinander, damit er seine Hand von ihrem Knie nimmt. Diese Hand, die sie sich einmal auf ihrem Körper gewünscht hat, ist entzaubert, haarig, ein abstoßendes Tier.
Die Abteiltür wird aufgeschoben, und der Schaffner kommt. Martius reicht ihm die Fahrkarten.
Angenehme Reise. Der Schaffner tippt an seine Mütze.

Danke, sagt Martius mit seiner öffentlichen Stimme. Wir fühlen uns sehr wohl.
Schön. Der Schaffner lächelt etwas überrascht und schließt die Abteiltür wieder.
Machtausübung, denkt Laura. Martius beurteilt und bewertet, ohne daß es verlangt wird. Er ist Richter und Herr, der Zirkus gehört ihm. Wie freundlich du bist, sagt sie.
Er lacht: Das ist eine Selbstverständlichkeit.
Sie sieht ihn an, sein Gesicht, die Haut, der Bart, die Schläfen, die Falte an der Nase. Wenn ich es getan habe, beschließt sie, werde ich auch Vanna treffen.
Ich finde, sagt Martius, der beste Zeitpunkt für einen neuen Anfang ist immer dann, wenn alle früheren Erwartungen zerstört sind. Jetzt haben wir beide wieder eine Zukunft, eben deshalb, weil wir keine klaren Vorstellungen mehr davon haben.
Sie nickt nur, aber sie weiß, sie muß sich mehr Mühe geben. Er darf nichts erahnen. Er würde sofort fliehen und unbestrafbar werden. Die schreckliche Anstrengung der letzten Tage wäre umsonst gewesen.
Ja, das ist wahr. Wir können uns jetzt wieder überraschen. Uns neu begegnen, setzt sie schnell hinzu, weil ihr das harmloser klingt.
Weißt du, sagt Martius und zündet sich eine Zigarette an, seitdem wir wissen, daß es zu Ende ist, sind wir sogar viel offener und natürlicher geworden.
Sie beugt sich zum Fenster vor. Die Wiesen sind hoch und grün. Gelbe und rote Blumen wachsen darin. Hinten vor dem Wald reitet Martius, in schwarzer Rüstung. Er greift sie an. Kampf mit den Lanzen. Er trifft sie, sie fällt. Sie liegt am Boden und stellt sich tot. Er steigt ab, holt die Fahne ein, legt die Rüstung ab, kommt und bückt sich zu ihr herunter. Erst da stößt sie blitzschnell zu.
Tapfere kleine Soldatenfrau, sagt Martius zärtlich. Was denkst

du gerade? Du siehst so mutig aus und ein bißchen einsam. Zum Glück erwartet er keine Antwort. Wenn du immer so gewesen wärst, wie du jetzt bist, fährt er nachdenklich fort, dann hätte ich mich nie gegen dich wehren müssen. Ich habe nicht gedacht, daß das möglich ist. Ich war sicher, daß du nur noch ein Stichwort brauchst, um dich von mir zurückzuziehen. Er lächelt, etwas unsicher, etwas stolz: Ich glaube, du magst mich wirklich.
Sie sagt munter: Mögen, das ist zu wenig. Ich bete dich an.
Über den Lautsprecher des Abteils wird auf die Frühstücksmöglichkeit im Speisewagen hingewiesen. Sie nimmt einen kleinen Spiegel aus ihrer Handtasche und sieht hinein. Es ist nichts zu erkennen, keine Blässe und kein Zeichen in ihrem Gesicht.
Wie sehe ich aus? Sie gibt ihrer Stimme einen koketten Klang.
Wunderbar, wie immer. Vielleicht etwas müde. Du arbeitest zu viel. Die Berge werden dir guttun. Es wird eine schöne Zeit.
Ja. Jetzt, denkt sie, jetzt paßt es. Wir könnten wieder zur Schlucht gehen.
Martius ist einverstanden: Das machen wir.
Die kühle Schlucht, still, unbewegt, das fast weiße Seil, das um den Baumstamm geschlungen ist, und der Karabiner blitzt in der Sonne. Sie steht oben und schreit heraus, was sie unterdrückt und aufgespart hat für diesen Moment. Sie hakt das Seil aus dem Karabiner. Mit den Händen allein kann er sich nicht lange halten. Sie sitzt stumm dabei und wartet, bis er losläßt und fällt.
Das Bild bedrängt sie. Ihr Herz pocht, ihre Oberlippe zittert, und sie hat Angst, sich zu verraten. Ich hole Kaffee, sagt sie schnell, steht auf und geht hinaus. Sie muß alleine sein.
Sie schließt sich in der Toilette ein und setzt sich auf den Klodekkel. Aber der Raum ist ihr zu eng zum Nachdenken. Sie geht wieder hinaus, in den nächsten Waggon, in der Richtung des Speisewagens.
Irgendwo im Zug wird es ein Telefon geben. Sie könnte Jan anrufen.

Er stand in der Tür, und sein Gesicht war fassungslos vor ihrer Kälte. Er hat geweint und wollte nicht glauben, daß er sie nicht mehr erreicht. Fesseln? Alle die Jahre? Aber sie hatte kein Schuldgefühl dabei. Es war eigenartig, für seine Tränen plötzlich keine Verantwortung mehr tragen zu müssen. Moll kam vier Stunden später. Was heißt, du bist du, auch ohne uns? Rede keinen Unsinn! Die beiden waren wie Brüder in der Not und wollten gemeinsam wieder festschreiben, was schon aufgelöst war.
Sie könnte auch jetzt noch sagen: Es tut mir leid. Ich war nur verrückt. Alles soll sein wir vorher. Nein, es ist vorbei. Es wäre nur eine Lüge. Wenn Douglas noch leben würde, er würde sie vielleicht verstehen oder ihr doch wenigstens zuhören, ohne zu erschrecken.
Selbst wenn sie nicht sein wollte, wie sie ist, es treibt sie trotzdem voran. Der Weg zurück ist schon verstellt, sie kann nur noch weitergehen.
In der Mitte des Gangs steht ein Mann und raucht. Es gibt doch so viele Männer. Es ist nur ein Zufall, welcher für sie wichtig ist. Es könnte auch dieser sein. Wenn sie jetzt sagen würde: Es ist nicht meine Art, wissen Sie... Vielleicht wäre sie eine Stunde später schon mit ihm verwickelt.
Sie zwängt sich nur an ihm vorbei. Er wird nicht zu ihrem Leben gehören, sie wird nicht mit ihm aufwachen, so einfach ist das.
Es kommt ihr merkwürdig vor, an der Theke des Speisewagens zu stehen, alles ist so normal: Zwei Kaffee, bitte. Routinierte Bewegungen. Geld hinlegen, Wechselgeld zurück. Danke. Kein tiefer Blick trifft sie. Es fällt kein Satz, der Bedeutung hätte, niemand sieht ihr nach. In einem Drehbuch würde sie die Szene streichen, sie trägt nichts. Kaffee, schwarz wie der Tod, müßte der Kellner sagen, und dann groß die Hand der Frau, ein Zögern, entschlossenes Greifen nach den Pappbechern. Das Leben ist dramaturgisch schlecht gebaut.
Darf sie überhaupt zulassen, daß diese tödliche Entschlossen-

heit in ihr siegt? Wofür will sie Martius denn bestrafen? Muß sie ihn wirklich hassen? Er hat ihr etwas gezeigt, auch wenn er es auf seine böse Weise getan hat. Er hat ihr eine Erkenntnis aufgenötigt. Ihre Beziehungen waren wie Fallschirme, die sie sich um den Leib gehakt hatte. Die Gurte unzerstörbar, für immer und ewig, alles als Vorsorge für den möglichen Fall. Keinen Schritt wäre sie ohne diesen Schutz gegangen. Die Angst vor der Ich-Zerstörung hätte sie kopflos gemacht. Nun ist sie gefallen, die Schirme haben sich nicht geöffnet, und sie hat trotzdem überlebt. Es gibt dieses Urmeter von ihr gar nicht, an das sie geglaubt hat, das Maß aller Dinge, aufbewahrt auf rotem Samt, und in regelmäßigen Abständen die Namen von Jan, Moll und Baba.
Der Zug schlingert, und sie muß sich abstützen. Torkelndes Gehen wie auf einem Schiff bei Wellengang. Vorne ist ihr Abteil. Martius wird schon warten. Du warst aber lange weg, wird er sagen. Wenn sie jetzt nichts entscheidet, werden sie irgendwann ankommen, mit dem Taxi ins Dorf fahren, aufsteigen, und morgen steht sie dann mit ihm an der Schlucht. Wird sie ihn wirklich umbringen? Die Grenzen sind jedenfalls nicht mehr gültig. Sie hat einen Mord geplant, heimtückisch, ein Unfall, ohne Verdacht, ohne Folgen.
Wie wenig sie sich eigentlich kennt. Immer ist sie davon ausgegangen, daß alles, was sie tut und empfindet, letztlich erklärbar sein müßte, vernünftig erklärbar.
Vielleicht regnet es morgen, und sie könnte sagen: Das Wetter ist zu schlecht zum Wandern. Es wäre komisch, auf diese Weise davonzukommen.
Sie geht den Gang entlang auf ihr Abteil zu. Der Zug fährt gerade in einen Bahnhof ein. Sie öffnet die Abteiltür. Martius sieht fragend auf. Der Zug hält. Sie stellt einen Kaffeebecher auf dem Sitz ab, löst den Deckel des anderen und schüttet den Kaffee mit einem Schwung über Martius aus. Sie verläßt sofort das Abteil und steigt an der ersten Tür aus dem Zug.

Ruhe, der Zug hat sich entfernt, ein leichter Wind ist aufgekommen.
Henk greift nach seinem Fotoapparat und tritt an die Bahnsteigkante. Er will die Schienen und die Ruhe in einem Bild verbinden.
Er macht sechs Aufnahmen und geht zurück zur Bank, um ein anderes Objektiv zu holen.
Neben Henks Rucksack sitzt Laura. Sie hat sich vorgebeugt, und er kann ihr Gesicht nicht sehen.
Henk spürt, daß diese Frau nicht angesprochen werden will. Schweigend setzt er das Objektiv auf und fotografiert weiter.
Laura betrachtet ihre Schuhe. Jetzt bin ich ganz frei, denkt sie. Ich werde es nicht immer gut ertragen können. Vieles wird anders sein als vorher. Auch die Sehnsucht nach dem Halt muß sie erst noch bekämpfen lernen. Niemand wird es verstehen. Auf alle vorwurfsvollen Fragen hat sie nur eine Antwort: Ich will es so. Sie muß lächeln. Ich will werden, was ich bin.
Der Wind weht ihr eine Haarsträhne ins Gesicht, und Laura hebt den Kopf. Ihr Blick fällt auf Henk. Sie sieht nur seinen Rücken. Sie kennt ihn, ohne zu wissen, woher. Sie glaubt, an ihren Händen zu spüren, wie sich der Rücken anfühlt. Plötzlich erinnert sie sich an die leere Wohnung.
Hinter Henk fängt Laura an zu lachen, nicht unterdrückt, sondern den Kopf zurückgeworfen, mit hellen, fast schmerzhaften Lauten.

Henk wendet sich ruckartig zu ihr um. Jetzt erkennt er sie.
Henk setzt sich neben Laura. Er rückt nah an sie heran.
Laura hört sofort auf zu lachen.
Endlich. Laura und Henk sehen sich an.

nymphenburger

Fürst hat die Flucht zurück gewagt. Von den anderen als Mörder gejagt, wählt er den Weg in den Wald und entzieht sich der sogenannten zivilisierten Welt. Ein Provinzjournalist und ein Polizist nehmen die Verfolgung auf …